誓いはウィーンで

龍の宿敵、華の嵐

樹生かなめ

white heart

講談社X文庫

目次

イラストレーション／奈良千春《ならちはる》

誓《ちか》いはウィーンで

龍《りゅう》の宿敵《しゅくてき》、華《はな》の嵐《あらし》

プロローグ

愛している。

そんな迂闊《うかつ》な言葉を口にするな。

引きだしたのは俺だけれども。

若き冬将軍はどこまでも冬将軍らしく。

愛を自覚させたくない。俺は君の弱点になりたくはない。君だけではなく誰の弱点にもなりたくはない。

藤堂和真《とうどうかずま》は神々《こうごう》しいまでに美しい尊大な皇子を見上げた。

「俺を抱きたがる理由は君のプライドだ」

君は俺を愛しているわけじゃない、と藤堂は心の中でロマノフ王朝の末裔《まつえい》にそっと語りかけた。

「そうしたいのならそれでもいい。……が、離さない」

「我《わ》が儘《まま》な男だ」

「キスしろ。頬《ほお》ではなく唇に」

藤堂は尊大な皇子の首に腕を回し、その氷より冷たそうな唇に近づけた。

冷たいようで熱い。

意外なくらい熱い。

焦《じ》れったくなったのか、尊大な皇子の舌が口腔内《こうこうない》に侵入してくる。藤堂は拒んだりせず、応じた。

背後に人の気配を感じる。

皇帝の長子と東洋人のディープキスを無言で見つめている。ひとりやふたりではないような気がする。

銃口が向けられていなければ問題ではない。問題ではないが。ロシアでは小さなことに構っていられないが。

尊大な皇子のキスは終わらないどころか、ますます熱くなってくる。腰に回された手の力も増した。

尊大な皇子に火がつく前に終わらせないと危険だ。

己の身の危機を察した時、背後からわざとらしい咳払《せきばら》いが聞こえてきた。ゴホンゴホン、と。

終われ、とどこかの誰かが咳で訴えているのだろう。

絡みつく舌から逃れようとした。

が、逃れられない。

尊大な皇子の唇が角度を変え、さらに深く重ねてきた。いやでも、狂おしいまでの想《おも》いが伝わってくる。

ポンポンポンポン、と藤堂は終了の合図のように尊大な皇子の逞《たくま》しい背中を叩《たた》いた。

それでも、キスから解放されない。

皇子様、これで終わり。

これで終わりだ。

もういいだろう。

グイッ、と藤堂が銀色に近い金髪を引っ張った時、ロシア語訛《なま》りの英語が聞こえてきた。

「……申し訳ない……本当に申し訳ないのですが、ウラジーミル様、続きは帰ってからにしてください……ボスがお呼びです。ウラジーミル様、ボスの命令は無視しないでくださ い……」

いつの間にか、尊大な皇子の側近たちが苦渋に満ちた顔で集まっていた。言わずもがな、皇帝の命令は絶対だ。

藤堂は尊大な皇子から離れようとした。

なのに、雄々しい腕は藤堂の身体《からだ》を離さない。

「ウラジーミル、離せ」

藤堂が険しい顔つきで咎《とが》めても、尊大な皇子はキスを続けようとする。悠長に呆《あき》れている場合ではない。

「ウラジーミル、いい加減にしろ」

即刻、皇子を皇帝の元に向かわせなければならない。藤堂は身体を捻《ひね》って逃げようとしたが徒労と化しただけ。

言葉で説得しようとしても時間の無駄。

「ウラジーミル様、愛人も連れていけばいい。愛人と一緒にボスに会いましょう。愛人が一緒ならいいですよね」

今にも倒れそうな側近の言葉により、ようやく尊大な皇子はキスを終わらせた。

が、藤堂はその猛々しい腕に囚われたままだ。

冗談じゃない。

ボスに会いたくない。

藤堂は逃げたかったが、逃げ道はどこにもなかった。

ロシアではすべてこの調子だ。

いや、尊大な皇子ことウラジーミル相手ではすべてこの調子だ。

1

帝政ロシアが誇った権勢は、戦火を潜《くぐ》り抜《ぬ》けた宮殿を一目でも見ればわかる。

しかし、かつて欧州の王侯貴族が驚嘆したロマノフ王朝の栄華は、ロシア革命によって滅ぼされた。

ロマノフ王朝傍系の皇子は帝政ロシアの復興を願い、イジオットという組織を作って地下に潜った。

ロシアン・マフィアのイジオット。

ソビエト連邦が崩壊しても、帝政ロシアは再興せず、イジオットはロシアン・マフィアのままだ。

世が世ならウラジーミルはロシアの皇子だった。

世が世ならウラジーミルの父親はロシアの大公だった。

世が世ならウラジーミルの母親はロシアの大公妃だった。

世が世ならウラジーミルの妹はロシアの皇女だった。

世が世ならウラジーミルの弟はロシアの皇子だった。

世が世なら俺はこの場にはいなかった。本来、世が世でなくても俺はこの場にいなかった、と藤堂《とうどう》は心の中で自嘲《じちょう》気味に呟《つぶや》いた。

何せ、目の前にはロマノフ王朝時代の正装に身を包んだイジオットのボス一家が揃《そろ》っている。幹部や側近も時代がかった正装で控えている。

俺をわざわざこの広間に連れてくる必要はないだろう、イワンたちのところに下がらせてくれ、と藤堂は隣に立つウラジーミルを視線で非難した。……非難したのだ。

なのに。

それなのに、肝心のウラジーミルには通じていない。

お前は俺のものだ、とウラジーミルに小声で耳元に囁《ささや》かれた。スッ、と腰に手が回される。

もちろん、藤堂は腰に回されたウラジーミルの手を撥《は》ねのけた。

いったい何を考えているのか。

父親や母親、大幹部が揃っている前なのに。

ギリシャ彫刻さながらの美男子とは、下手に視線を合わすこともできない。藤堂は何事もなかったかのように流した。

「よりによって、生誕祭に」

ボスの年老いた側近がこめかみを揉《も》みながら溜《た》め息《いき》をつくと、側近たちの間からすすり泣きが漏れた。

今日はイジオットにとっては特別な日だ。

年に一度、イジオットの初代ボスの誕生日に、主立ったメンバー全員、ロマノフ王朝時代の正装姿で本拠地であるネステロフ城に集まって結束を誓い合う。時代錯誤という批判の嵐《あらし》に晒《さら》されても、イジオットに脈々と受け継がれている慣習だ。

今年の生誕祭は悲劇で彩られた。

ウラジーミルのひとつ年下の弟、つまり、ボスの次男であるアレクセイが射殺されたのだ。殺し屋は逃走し、捕まえられなかった。

ボスの妻、すなわち、ウラジーミルとアレクセイの母親であるオリガは狂わんばかりに泣きじゃくっている。

「……あ、あ、あなた……アレクセイが……私のアレクセイが……私の愛《いと》しいアレクセイが……どうして……」

オリガは半狂乱で手がつけられないが、ボスは辛抱強く宥《なだ》め、優しく抱き締めている。

「……オリガ」

イジオットのボスは冷酷無比な実力主義者として有名だが、初恋の相手だったというオリガは大事にしていた。今でも夫婦仲はすこぶるいい。

氷の皇帝も自分の妻には弱いのか、眞鍋《まなべ》の二代目と同じか、と藤堂は宿敵ともいうべき指定暴力団・眞鍋組の二代目組長夫妻を思いだした。もっとも、オリガは二代目姐《あね》のように手のつけられないはねっかえりではない。

「……私のアレクセイが……アレクセイがどうして……いい子なのに……」

「ロシア革命がなければ、オリガ、お前は侯爵家令嬢で私はロマノフの皇子だったが、今の私はロシアン・マフィアのボスだ。お前が産んだ私の息子は皇子ではなくマフィアの幹部だ」

うちがマフィアだって忘れているな、とボスは言外に匂《にお》わせている。同意するように側近中の側近であるパーベルが相槌《あいづち》を打った。

ひょっとしたら、オリガはロシア革命を忘れているのかもしれない。……いや、いくらなんでもそんなはずはない。

「……あ、あなた……いや……いや……厳重な警備が敷かれていたはずよ……いったいどこの誰が、私のアレクセイを……私のアレクセイを天に行かせたの？」

「心当たりがありすぎてわからない」

ボスが真顔で言うと、オリガは淑女らしからぬ声を上げた。

「……あ、あなたーっ」

「オリガ、私もアレクセイを失って悲しい。辛い」

ボスは哀愁を漂わせたが、藤堂は白々しくてたまらない。誰が、アレクセイに殺し屋を送り込んだのか、ボスは知っている。そう、ウラジーミルがアレクセイを殺させたのだ、と。

そもそも、先に仕掛けたのはアレクセイだ。

まず、アレクセイが雇った殺し屋がウラジーミルを狙《ねら》った。間一髪、殺し屋を射殺したのは、ほかでもない藤堂だ。

それゆえ、ウラジーミルは電光石火の早さで応戦した。

ボスやパーベルは、長男と次男の間で起こった戦争に気づいている。皇帝と宰相ならぬパーベルは勝利者を引き立てるだけだ。

ボスは実子であっても敗者にはまったく興味がない、と藤堂は冷静な目でイジオットの皇帝を観察した。

このボスがいるからこそ、強いイジオットをキープしているのだ。

「……あなた、私のアレクセイを連れ戻してちょうだい」

オリガの涙ながらの願いは、いかに巨大な組織のトップでも叶《かな》えられない。

「それはラスプーチンでも無理だと思うよ。アレクサンドラ皇后のように神秘主義に傾倒しないでおくれ」

ラスプーチンという怪僧が帝政ロシア崩壊の最大の一因だ。

「アレクセイを生き返らせてーっ」

琥珀《こはく》をふんだんに使った琥珀の間に、オリガの絶叫が響き渡った。

奥の孔雀石《くじゃくいし》の間では、アレクセイの妻であるタチアナが錯乱し、家族や侍女たちに宥められている。

とんだ生誕祭もあったものだ。

これでは、メンバーの結束を確かめ合うどころではない。警備責任者は今にも自決しそうな雰囲気だ。おそらく、すでに覚悟を決めているのだろう。

ただひとり、いつもと同じような態度でいるのはウラジーミルだ。

嘘《うそ》でもいいからもう少し悲しむふりをしたほうがいいのに、と藤堂は傲岸不遜《ごうがんふそん》な冬将軍に呆《あき》れてしまう。

「……私では無理だ。ウラジーミル、オリガを宥めておくれ」

ボスはとうとう白旗を掲げ、仏頂面で立っている長男を指名した。けれど、ウラジーミルは不敵な目で拒んだ。

「俺には無理だ」

セルゲイ、とウラジーミルは三男坊の末っ子に回した。

ウラジーミルが母親に可愛《かわい》がられていないわけがよくわかる、と藤堂はウラジーミルの態度に原因を見つける。

「ママ、アレクセイはママの笑顔が一番好きだった。そんなに泣いたらアレクセイが心配する。僕がいるからそんなに泣かないで」

セルゲイは泣きそうな顔でオリガを優しく抱き締める。容姿はウラジーミルとよく似ているが、性格はまったく違うようだ。

「……セルゲイ……セルゲイ……あなたは母を置いて逝《い》っては駄目よ……許さないわよ……あなたは……」

オリガは末っ子の命を確かめるように強く抱き締め返した。

「わかっている。僕はママのものだよ。ずっとずっとママのものだよ。もういやだ、ってママが言っても僕はママのそばにいる」

オリガが尊大で無愛想な長男ではなく、次男を溺愛《できあい》していたことは周知の事実だ。末っ子の三男坊は猫可愛がりしている。

何を思ったのか不明だが、ウラジーミルは家族に挨拶《あいさつ》もせずに琥珀の間を出た。藤堂も肩を抱かれて続く。

「ウラジーミル、挨拶ぐらいしたほうがいい」

とりあえず、ボスに一言ぐらいあってしかるべき。

「これ以上、つき合う必要はない」

「自分からわざわざ敵を作ることはない」

藤堂が諭すような口調で言った時、回廊から凄《すさ》まじい罵《のの》り合いが聞こえてきた。それもひとりやふたりではない。

ロシア語だから藤堂はわからない。

が、ウラジーミルに従うイワンや側近たちの反応からなんとなくわかる。ウラジーミル派とアレクセイ派が揉めているのだ、と。

案の定、ウラジーミルの若い側近と亡きアレクセイの側近が殴り合っていた。全員、金髪碧眼《へきがん》の大男たちだ。

「アレクセイ様を殺したのはウラジーミル様だっ」

「アレクセイ様が殺されて悲しいのはわかるが言いがかりはよせ。ウラジーミル様はアレクセイ様の兄だぞ」

「アレクセイ様が優秀でボスにもオリガ様にも気に入られているから焦ったんだ。ウラジーミル様は昔から残虐だった」

いったい何を言っているのか、藤堂が聞いてもウラジーミルは答えない。聞く相手を間違えた。

「マクシム」

藤堂付となった日本語に堪能《たんのう》なウラジーミルの部下に尋ねる。思うところがあったのか、小声で通訳してくれた。

古今東西、兄と弟による諍《いさか》いは星の数より転がっている。それぞれの部下たちも、気づいているようだ。

「じゃあ、そこまで言うならこちらも言わせてもらう。アレクセイ様がヒットされる前、ウラジーミル様もヒットされそうになった。殺し屋を送り込んだのはアレクセイ様だ」

「アレクセイ様がそんなことをするわけないだろうっ」

「アレクセイ様は昔から優秀な兄に頭が上がらなかった。兄のものはなんでも欲しがる弟だった」

「ウラジーミル派ではそんなにアレクセイ様を敵視していたのか？」

「その言葉、そっくりそのまま返す」

あれよあれよという間に、ウラジーミルの部下とアレクセイの部下が集結し、凄絶《せいぜつ》な大乱闘が始まった。

ウラジーミルは藤堂の肩を抱いたまま、バレエを観劇するかのような風情で眺めている。

イワンは大声を張り上げ、若者たちの大乱闘を鎮めようとした。

ボカッ。

頭に血が上った若者たちは、止めに入ったイワンも殴る。蹴《け》る。

いつしか、止めに入ったイワンも大乱闘に参加していた。

「うおぉぉぉぉぉぉぉぉぉ〜っ、この若造めが〜っ」

イワン、何をしているんだ、と藤堂はウラジーミルの右腕とも言うべきイワンの行動に唖然《あぜん》とした。

けれども、ウラジーミルは相変わらず平然としている。マクシムはイワンの気持ちがわかるらしく、ファイティングポーズを取った。おそらく、藤堂付でなければ殴り合いに参加している。

「ウラジーミル様はアレクセイ様の結婚にもご立腹だった。アレクセイ様とタチアナ様の仲がいいから面白くなかったんだろう」

「ウラジーミル様はタチアナ様にいっさい未練がない。オリガ様にどんなに反対されても、婚約破棄したことを忘れたのか？」

「ウラジーミル様がタチアナ様との婚約を破棄したのは、タチアナ様を愛していたからだ、と聞いた。だから、あてつけに中国人の男を愛人にしたんだ」

心なしか、アレクセイ派の部下が多い。わらわらとさらに集まり、それぞれ険しい形相で罵倒《ばとう》した。

「そうだ。ウラジーミル様が初めて愛人を持ったと思ったら中国人の男だった」

「……いや、あの中国人の男は愛人じゃなくて殺し屋だろう。ウラジーミル様を狙った殺し屋を射殺した腕は一級品だ」

「もしかして、あの中国人の男がアレクセイ様をヒットした殺し屋か？」

「ウラジーミル様はあの中国人の殺し屋を生誕祭に連れてくるために愛人にしたんだーっ」

いったいどこからどうなったのか、藤堂にはまったく見当もつかないが、主を失ったアレクセイ派のメンバーが荒れ狂っていることは間違いない。

相撲取りのような体形の初老の男性がひとり、ゆったりと近づいてきた。アレクセイの後見人だったヤーコフだ。ウラジーミルに恭しく挨拶をしてから、藤堂をまじまじと見つめる。

「ウラジーミル様が初めて情人を持ったと聞いて、どんな美女かと年甲斐《としがい》もなく興奮しましたが……情人ではなく殺し屋でしたか」

さすがでございます、とヤーコフは敗戦処理を背負った老将のようにうなだれた。

実際、ヤーコフはこれから敗戦処理に入らなければならない。アレクセイという旗印を失った今後はどうするのか、と。

「ヤーコフ、愛人だ。間違えるな」

ウラジーミルは冷徹な目で否定したが、ヤーコフはしたり顔で脂肪を蓄積した手を振った。

「今さらお隠しだては無用ですぞ。素晴らしい腕前です」

「俺の愛人に手を出すな」

「ウラジーミル様専属の殺し屋ですか」

ヤーコフは藤堂が殺し屋だと思いこんでいる。ひとえに、今までのウラジーミルが冷酷無比な冬将軍だったからだろう。

「何度も言わせるな。愛人だ」

「……では、そういうことにしておきましょう。我らアレクセイ派はウラジーミル様に忠誠を誓います」

ヤーコフの申し出に驚愕《きょうがく》したのは藤堂だけではない。ウラジーミルは形のいい眉《まゆ》を顰《ひそ》めた。

「アレクセイ派の奴《やつ》ら、俺を敵視している」

察するに、今までさんざんアレクセイが兄の悪口を吹き込んでいたのだろう。藤堂でさえ手に取るようにわかる。

「アレクセイ様が亡くなり、錯乱しているのです。しばしのお時間をいただきます。みな、時が経《た》てば落ち着き、誰にお仕えすればいいかわかるでしょう」

内紛はペトロパヴロフスクやヴォロノフに利を譲るだけ、とヤーコフは対立しているロシアン・マフィアを示唆した。

「つまり、アレクセイの後見人は俺を選ぶのか？」

「ウラジーミル様、どうかこのおいぼれの残り少ない命をお受け取りください」

ヤーコフの申し出をウラジーミルは帝王然とした態度で受け入れた。

「わかった」

「ああ、ウラジーミル様の寛大な心に感謝します」

「あいつら、鎮めろ」

「畏《かしこ》まりました」

ヤーコフはロマノフ時代の大仰なお辞儀をしてから、屈強な警備員を連れて大乱闘の嵐に近づいた。

さすがにイワンはヤーコフに気づく。

我に返ったらしく、イワンは恥ずかしそうに頭を掻《か》きながらウラジーミルの背後に戻ってきた。

アレクセイの後見人のお手並み拝見、と藤堂は一向に収まる気配のない大乱闘に視線を留《と》める。

てっきり、ヤーコフは言葉で説得するのだと思った。けれど、ヤーコフは警備員に麻酔銃を使わせた。

プシューッ。

一瞬にして、回廊は白い煙に覆われる。

藤堂は驚愕のあまり、目を白黒させた。

「藤堂、驚いたのか?」

ウラジーミルは嘲笑《ちょうしょう》を含んだ笑みを浮かべている。

「ああ」

「これがロシアだ」

この世で一番わけがわからないのがロシア人だ、という説を繰り返した貿易商を藤堂は思いだす。ロシア人を理解しようとして理解できなかった学者の格言には枚挙に遑《いとま》がない。

「その一言に集約されそうだな」

「長居は無用だ」

ウラジーミルに促され、藤堂はイジオットのメンバーが集結したネステロフ城を後にした。

専用旅客機内の空気は重い。イワンやマクシムなど、ウラジーミルの側近たちがどんよりと暗いのだ。若い兵隊もいつもとは違う。

このままでは終わらない。

新たな戦いが始まる。

藤堂にはそんな予感があった。

間違いなく、ウラジーミルも次なる戦いを予測したはずだ。それなのに、一言も口にせず、藤堂を左手で抱いたまま、ウオッカを飲み続けた。チビリチビリではなく、豪快に。

「ウラジーミル、まだ飲むのか」

ウラジーミルが新しいウオッカの瓶に手を伸ばしたので、思わず、藤堂は口に出してしまった。

「これくらいで」

「何本目か覚えているか？」

「いちいち数える必要はない」

「ウオッカ四本は酒ではない、というロシアの格言があったな？　四本、空けたのではないか？」

シベリアでは四百キロは距離ではない。マイナス四十度は寒さではない。プラス四十度は暑さではない。ウオッカ四本は酒ではない。

そんな格言が藤堂の脳裏にインプットされている。

「シベリアの格言だ」

「シベリアの格言だったか」

ロマノフの皇子は帝都より荒涼たる極寒の地がマッチするのだろうか。ウラジーミルがシベリアの格言を如実に体現しているような気がしないでもない。

なんにせよ、規格外の男だ。

そうこうしているうちに、ウラジーミルの別荘に到着する。いや、正確にいえば、ウラジーミルが藤堂のために購入した豪華な宮殿だ。

「藤堂、家に着いたぞ」

ウラジーミルはなんでもないことのようにサラリと言うが、藤堂の眉間《みけん》の皺《しわ》は深くなった。

「家という表現は相応《ふさわ》しくない」

左右対称の美を昇華させた庭園は果てしなく続き、どんなに目を凝らしても塀は見えない。クラシック様式の宮殿は何本もの円柱で支えられ、筆舌に尽くしがたい優雅さを漂わせている。もしかしたら、かつてのロマノフ王朝の皇帝が愛人に与えた宮殿かもしれない。

この宮殿にいくらかかったのか、藤堂はあえて考えないようにしていた。さしあたって、スケールが違う。

「お前の家だ」

「管理が難しい」

「誤魔化すな」

「そんなつもりはない」

「この家が気に入らなければ、新しい家を買ってやる」

ロシアのバブルが弾《はじ》けても、イジオットの皇子は太っ腹で気前がいい。

「ウラジーミルの家の定義は城か？」

ウラジーミルはイジオットの本拠地であるネステロフ城の一角で生まれ育った。住宅の基本が豪華絢爛《ごうかけんらん》な宮殿なのかもしれない。今でもロマノフ王朝時代の皇帝や皇后が住んでいるような。

「どういう意味だ？」

「宮殿育ちの皇子について一考した」

「意味がわからないが、いつも俺のことを考えていろ」

ウラジーミルに肩を抱かれ、藤堂は専用旅客機から出た。

その瞬間、藤堂はくしゃみを連発する。

「藤堂？」

「寒い」

藤堂は冷凍庫に放り込まれた気がする。

「これくらいで」

藤堂は寒さに震えているが、ウラジーミルを筆頭にイワンやマクシム、部下たちは平然としている。

「ロシア人とは寒さに対する耐性が違う」

藤堂は日本でも温暖な関西で生まれ育っている。ロシア人とは寒さの基準が異なるのだ。

ウラジーミルに守られるように抱き込まれ、藤堂は足早に美の粋を極めたようなアプローチを進んだ。

初めて見た時に感嘆したが、改めて見ても、パビリオンにあるギリシャ神話の十二神の彫刻は素晴らしい。荘厳な建物の外観は圧巻だ。

藤堂に我が家に帰宅したという感覚はない。

ただ、ロシアでのホームには違いない。現時点では、イジオットの本拠地とは比べようもない安心感だ。

建物に入った途端、寒さとの戦争は幕を閉じる。

それでも、ウラジーミルは藤堂の身体《からだ》を離さない。それが当然であるように、館内に進む。

出迎えた使用人たちにしてもそうだ。

この宮殿内において、藤堂はウラジーミルの愛人である。そして、宮殿の主が藤堂だと教育されていた。
もちろん、藤堂はそんなことは望んでいない。

2

血で彩られた生誕祭から五日経《た》った。

今夜も碧《あお》い目のヒットマンが目の前に立つ。

銃口を向けられても驚いたりはしない。

ただ、寝室で銃口が向けられたら少なからず戸惑う。けれど、藤堂《とうどう》は顔に出したりはしない。

「ウラジーミル、死ね」

碧い目のヒットマンの銃口は藤堂ではなく、隣で呑気《のんき》にウオッカを飲んでいるウラジーミルに向けられた。

「威勢がいいな」

ウラジーミルは左手で藤堂の肩を抱いたまま、ウオッカを平然と呷《あお》る。若くして苛烈《かれつ》な戦いぶりで名を上げた次期ボス最有力候補は、突如として現れたヒットマンにいっさい動じない。

「氷の悪魔、地獄に帰れーっ」

碧い目のヒットマンはウラジーミルに向けて発砲した。

ズギューン、ズギューン、ズギューン。

三発の銃声。

辺りに血飛沫《ちしぶき》が飛び散る。

あっという間の出来事であり、藤堂が声を上げる間もなかった。いや、誰も呼ぶ必要はなかった。

「馬鹿な奴、ガタガタ言わずにさっさと引き金を引けばいいのに」

ウラジーミルの氷より冷たい目が、床に倒れたヒットマンに注がれる。

さすがだな、と藤堂は自分の肩を抱き続けている金髪碧眼《へきがん》の美青年を心の中で称賛した。

ウラジーミルは瞬時にウオッカを投げ捨てると、枕元《まくらもと》に隠していた拳銃《けんじゅう》を抜いたのだ。

碧い目のヒットマンが引き金を引く瞬間、ウラジーミルが引き金を引いた。若き冬将軍の早撃ちには定評がある。

銃声を聞きつけ、ウラジーミル配下の屈強な男たちが武器を手にやってきた。全員、イジオットの兵隊だ。

クイッ、とウラジーミルは鷹揚《おうよう》に顎《あご》をしゃくった。

イジオットの兵隊たちは無言で、血まみれのヒットマンを運びだす。……いや、死体を処理した。

「藤堂、大丈夫か？」

ウラジーミルに優しく抱き寄せられ、藤堂は苦笑を漏らした。背中に極彩色の般若《はんにゃ》を背負った元極道だ。発砲や死体に怯《おび》えたりはしない。

「ああ」

「飲み直しだ」

ウラジーミルは新しいウオッカの瓶に右手を伸ばした。いったい何本空けたのか、藤堂はすでに数える気にもならない。

「ウラジーミル、誰に狙《ねら》われたのか、わかっているのか？」

内部か。外部か。やはり、内部だろうか。

生誕祭ではアレクセイ派とウラジーミル派の兵隊たちが大乱闘を繰り広げた。死人は出ていないが、燻《くすぶ》っていた闇《やみ》が表面化した形だ。

もっとも、アレクセイ派のトップとも言うべきヤーコフは、ウラジーミルに臣下の誓いを立てた。

時間の猶予を求められたが、まだ血気盛んな兵隊たちを宥《なだ》められないのかもしれない。

アレクセイの仇《かたき》を討つため、毎夜、ウラジーミルにヒットマンを送り込んでいる可能性はある。

「心当たりが多すぎる」

「アレクセイの部下か?」

「抑え込んだ、というヤーコフからの連絡があったけどな」

「ならば、ペトロパヴロフスクか?」

ウラジーミルの側近によれば、何かと対立しているロシアン・マフィアのペトロパヴロフスクの脅威が大きい。

「ペトロパヴロフスクが本気ならSSS級のヒットマンを雇う」

「ペトロパヴロフスクが内紛を煽《あお》るためにヒットマンを送り込んでいる可能性は?」

「そうだな」

「すぐに殺さず、依頼人を聞きだしたほうがいい」

短慮だ。

短慮すぎる。

なぜ、いつも即座に撃ち殺す。

生かしておいたほうが、いろいろと使えるはずだ。いざとなれば、依頼人への報復の最高の駒《こま》になる。

藤堂にしてみればウラジーミルが理解できない。

「無用だ」

「依頼人に気づいているのか?」

前々から、ウラジーミルはひとつ下の実弟の野心に気づいていた。今回も誰の依頼によるヒットマンか、きちんと把握しているのだろうか。

「誰に狙われ、誰を送り込まれても、俺が始末する」

ウラジーミルの高圧的な態度に、藤堂は涼やかな目を細めた。

「命のストックがあるのか？」

「お前の命は守る」

今までロマノフの皇太子は頑《かたく》なに妻も愛人も拒んでいた。初めて囲った愛人が、東洋人で男の藤堂だ。狙われる可能性は大いにある。

「俺のことはいい」

「俺が心配か？」

ここで否定したら煩《うるさ》いだけだ。藤堂はウラジーミルが望む答えを出した。

「もちろん」

藤堂が柔らかに微笑《ほほえ》むと、ウラジーミルはシニカルに口元を緩めた。心なしか、寝室の温度が下がる。

「本気か？」

「ああ」

ウラジーミルに死んでほしいとは微塵《みじん》も思わない。

藤堂は悠然と肯定した。

「俺はお前を離さない」

俺が殺されなければお前に自由はないぞ、とウラジーミルの鋭い目は暗に語っている。

「そうか」

「俺が生きている限り、お前は俺のものだ」

ウラジーミルの唇で首筋を辿《たど》られ、藤堂は軽く身体を捻《ひね》った。

「奇特な男だ」

イジオットの次期ボス最有力候補が望めば、どんな美女であれ、どんな美男であれ、手に入るだろう。

「誤魔化すな」

「誤魔化しているつもりはない」

「お前は俺のものだ」

ウラジーミルの執着が肌を走った時、かけがえのない存在の声が脳裏に響いた。

『カズ、またけったいな奴《やつ》に惚《ほ》れられたな。あかんやろ。なんでお前はヤバい奴に惚れられるんや。お前は自分が他人にどう見られているか頭に叩《たた》き込まなあかん。お前はすっぽんぽんになったプレイメイトよりヤバいで』

桐嶋元紀《きりしまもとき》は藤堂にとって心のよりどころである昔馴染《むかしなじ》みだ。桐嶋がいたから今まで生きてきた。彼がいなければとっくの昔に自ら人生の幕を下ろしていただろう。今も真《ま》っ直《す》ぐな熱血漢の存在によって命を繫《つな》いでいる。

『カズ、聞いとんのか。ボンボンのくせにいちびるから、けったいな奴にとっつかまるんやで。ええとこのボンボンはボンボンらしくピアノをぽろんぽろん弾いて、お馬さんに乗っとればええんやーっ』

藤堂自身、誰よりもウラジーミルから向けられた愛という執着心に困惑した。今でも慣れない。受け入れようとは思わない。

が、拒んでも無駄なことはわかりきっている。

「物好きな」

「藤堂、誰のことを考えている」

キリリッ、とウラジーミルに歯を立てられ、藤堂は筆で描いたような眉《まゆ》を顰《ひそ》めた。ロマノフの皇太子の独占欲は半端ではない。

「ウラジーミル、君のことを」

藤堂は端麗な美貌《びぼう》を向けたが、ウラジーミルは誤魔化せない。

「嘘《うそ》をつけ」

「どうして嘘だと思う」

「桐嶋のことを考えていたな」

ウラジーミルは藤堂の心に棲《す》む桐嶋を敵視している。今にもSSS級の殺し屋を送り込みそうだ。

「ウラジーミルの気のせいだ」

「桐嶋を始末しない限り、忘れないか」

ウラジーミルはのっそりと動き、サイドテーブルに置いていたスマートフォンに手を伸ばした。

イジオットの幹部はスマートフォンの連絡だけで、東京にいる桐嶋を始末することができる。

「わざわざ桐嶋元紀を始末する必要はない」

藤堂は宥めるようにウラジーミルのシャープな頰《ほお》を優しく撫《な》でた。そうして、唇を近づける。

僅《わず》かながら、ウラジーミルの嫉妬心《しっとしん》が鎮まる。

「お前の心を独占しているのは桐嶋だ」

「どうして、そう思う？」

藤堂は否定するように軽く首を左右に振った。

「俺が隣にいても桐嶋のことを考えている」

なぜわかる、と藤堂は心の中でウラジーミルの炯眼《けいがん》に舌を巻いたが、決して認めたりはしない。

「気のせいだ」

「……おい、俺を騙《だま》せると思っているのか」

ウラジーミルが凄絶《せいぜつ》な嫉妬の炎を燃やした時、奥から銀髪の若い側近が顔を出した。

「本部から連絡です」

「後で」

「早急だそうです」

ウラジーミルは忌々しそうに藤堂から手を離すと、天蓋《てんがい》付きのベッドから降りた。若い側近とともに寝室から出ていく。

藤堂はひとり、豪華な装飾が施された寝室に残された。大きな窓の向こう側には、最高の美を追求した広大な庭園が広がっている。

どうしてこんなことになったのか。

今さらながらに、思うがままにならない自分の人生を振り返ってしまう。そもそも、ロシアに渡る気はまったくなかった。

いや、人生の転機はもっと昔だ。

今となっては自《みずか》ら口にすることもない本名は祠堂和仁《しどうかずひと》。

関西屈指の高級住宅街である芦屋《あしや》の六麓荘《ろくろくそう》で生まれ、貿易会社を経営する実父の後継者として何不自由なく育てられた。母親は旧華族出身の佳人で、叔父には世界を股《また》にかけて活躍するピアニストがいる。

『僕の甥《おい》は僕以上の才能の持ち主です。ピアニストにならないのは音楽界の損失に繋がる』

藤堂はピアノの才能を認められ、叔父のみならず師事したピアノ教師や高名な音楽評論家の後押しもあり、ピアニストとしての道が用意されていた。もっとも、いずれ、実父が祖父から受け継いだ貿易会社を自分が継ぐものだと信じて疑わなかった。

名門と謳《うた》われている大学に通っていた頃、十九歳の時だ。敬愛していた実父に生命保険金目当てで殺されかかった。すんでのところで助けてくれたのが、手のつけられない不良として評判だった二歳年下の桐嶋だ。

『カズ……な、な、な、俺がおるから……俺がそばにおるから早まらんとってな……俺を置いて逝かんでくれ……お前が死んだら俺も死ぬ……死ぬんやったら俺を殺してから死ね……な、な、な……』

あの時、藤堂のすべてが根底から覆された。

信頼も思慕も敬慕も尊敬も主義も正義も悪も愛も情も父も自分自身も……すべて。すべてだ。

何もかもすべて。

もう父と一緒にいられない。

何も知らない母とも一緒にいられない。

藤堂は桐嶋と一緒に上京した。

あのまま元紀のそばにいたらどうなっていたのか、と藤堂は桐嶋の反対を押し切り、金《かね》子《こ》組の組長のスカウトを承諾したことを思いだす。

『カズ、ええ加減にしいや。芦屋の可愛《かわい》いボンボンにヤクザができるわけないやろ。貧乏生活でトチ狂っとんのや』

『僕は真剣に考えた。その結果だ』

『ヤクザになるような奴に、ジブンのことを、僕、なんて言っとうボンボンはおらへん。お前には何度死んでも無理や』

『もう決めた』

『あかん。絶対にあかん。タレントみたいな面でヤクザができるか。ちょっと歩いただけでナンパ野郎にしつこくつきまとわれんのにっ』

桐嶋にどんなに反対されても、藤堂の決意は変わらなかった。何より、桐嶋は自分についてきてくれると信じていた。

たとえ、怒って関西に帰ってしまっても、時間が経てば戻ってきてくれると信じていたのだ。

桐嶋は桐嶋で藤堂が金子組の日々に耐えられず、泣きながら助けを求めてくると思っていたらしい。

『カズ、せやからな、カズは優しいボンボンのくせに意外と頑固やろ。頭に血が上っているカズに何を言うても無駄やと思ったんや。せやから、俺は涙を飲んで離れたんやけどな。俺はすぐにカズが泣きついてくるもんやと思っとった』

『元紀、俺はお前が戻ってきてくれると信じていた』

『まさか、世間知らずの可愛い子ちゃんがあれよあれよという間に出世して、金子組の幹部になるとは夢にも思わへんかったわ』

どっちもどっちだ。

在りし日、袂《たもと》を分かったが、どちらもそれで終わるとは露ほども思っていなかった。

あの時、金子組の組員にならなかったら、桐嶋と一緒に自滅していたかもしれない。想像していた以上に東京での生活は苦しかった。けれど、桐嶋が奮闘してくれたから耐えられないことはなかった。

いや、自分のために桐嶋が傷つくのが辛かった。

桐嶋がファイトマネー目当てに、地下の格闘技試合で血を流す姿が脳裏にこびりついている。遠い記憶として霞《かす》まない。

ふと、人の気配を感じ、藤堂は窓に視線を流した。

突風とともに黒い塊。

「ウラジーミルの愛人だな?」

窓の外から黒装束の男が侵入してきた。その手には鈍く光る拳銃がある。

どんなに楽観的に考えても、招かれざる客人だ。ウラジーミルの敵対者から送り込まれたヒットマンだろうか。アレクセイ派からのヒットマンか。ペトロパヴロフスクからのヒットマンか。ほかの組織からのヒットマンか。

「招待状をお持ちなら見せたまえ」

藤堂がゆったりと言うと、黒装束の男は足音を立てずに近づいてきた。そうして、ロシア語訛《なま》りの英語で尋ねてきた。

「ウラジーミルが初めて囲った愛人は中国人の楊貴妃《ようきひ》みたいな美女だという噂《うわさ》だ。お前は中国人の男か?」

ウラジーミルが愛人を初めて持ったと、イジオットのみならずロシアの闇組織に電光石火の早さで広まったらしい。ただ愛人本人についての噂には、さまざまな尾鰭《おひれ》がついているようだ。

「俺の国籍の確認が君の仕事なのか?」

「聞いているのは俺だ。その整形したような顔を化け物にされたくなきゃ吐け」

銃口が藤堂の端整な顔に向けられた。

「構わない」

「おい、化け物になりたいのか？」

虚勢ではなく、顔を切り刻まれても構わない。化け物になればウラジーミルも考え直して離れるかな、と考えてしまう。

「どうぞ」

「お前は日本人なのか？」

黒装束の侵入者は十中八九、ロシア人だ。中国人と日本人の区別はつかないだろう。

「日本人に見えるか？」

「死にたくなきゃ、質問に答えろ」

「引き金を引きたまえ」

「脅しだと思っているのか？」

照準が藤堂に定められているのは確かだ。黒装束の侵入者が殺人の罪を恐れていないことも間違いない。

「脅しでないのならば撃ちたまえ」

ロシアは銃殺による死体が、日本より圧倒的に多い。死体の処理も日本よりずっと簡単だ。

「お前、元藤堂組の初代組長の藤堂和真《かずま》なのか？」

黒装束の侵入者から想定外の言葉が飛びだし、藤堂は涼やかな目を細めた。ウラジーミルの命を狙うヒットマンではないのか、と。ウラジーミル暗殺に俺を利用するため、素性を知りたがっているわけではないのか、と。

「君の目的はウラジーミルのヒットではないのか？」

「藤堂和真だな？」

「君の目的はウラジーミルのベッドの相手の素性《すじょう》か？」

「元金子組の若頭だったくせに、金子組の組長も幹部も皆殺しにした藤堂和真だな？」

そこまで知っているのか、単なるヒットマンではないな、と藤堂は黒装束の侵入者を冷静に見つめ直す。

「君の目的は俺か？」

藤堂は父子盃《さかずき》を交わした金子組の組長に命を捧《ささ》げた。生涯、誠心誠意、尽くすつもりだったのだ。

が、あまりにも有能すぎたらしい。

渡世での父にまで始末されそうになった。

やられる前に対処した。

ただそれだけだ。

それだけなのだが。

極道界では父親殺しの不義理なヤクザだ。真実に気づいてくれたのは、桐嶋ただひとりだった。

「金子組をぶっつぶした凄腕《すごうで》のワルだな？」

「繰り返す。君の目的は俺だな？」

「なぜ、あの藤堂組の元組長がウラジーミルの愛人になった？」

黒装束の侵入者の口ぶりから、藤堂は不夜城の覇者を思いだした。日本を離れ、欧州に渡った原因だ。

「君の依頼人は東京の眞鍋《まなべ》組か？」

藤堂組の金看板を背負う男として戦いを挑み、敗北を喫した。背中に昇り龍を刻んだ不夜城の覇者の名は橘高清和《きったかせいわ》。

欲しいものをすべて持っていた極道だ。

「答えろ」

「その様子だと君の依頼人は東京の眞鍋組だな？」

最初から清和に勝つ自信はなかった。それでも、清和の驀進《ばくしん》をみすみす見逃すわけにはいかなかった。正攻法では切り崩せないことも熟知していたし、清和の命を奪えば己の命を失うだろうことも覚悟していた。

それゆえ、東京に進出したい関西の長江《ながえ》組の力を利用し、巧みに立ち回るつもりだったのだ。いくら眞鍋組でも、長江組とは比べようがない。だからこそ、関西から竿師《さおし》になっていた桐嶋を呼び寄せた。

「藤堂、何度も言わせるな。さっさと答えろ」

グイッ。

銃口が額に押しつけられる。

十年前ならば、怯えたかもしれない。

「眞鍋組にいくらもらったのか知らないが、俺ならばもっと君に用意できる」

藤堂は煽るように左の指で破格の金額を提示した。案の定、黒装束の侵入者に明らかな動揺が見える。

「……俺が買収できると思っているのか?」

「ウラジーミルの館に侵入するリスクと経費を考えただけだ。どう考えても東京にいる眞鍋のボスはウラジーミルに対する認識が甘い」

二代目ではなくてサメが手配した男が雇った兵隊だ、サメが直《じか》に手配した男ならもう少し骨がある、と藤堂は不夜城の覇者に仕える実動部隊の統率者を思い浮かべた。幾度となく、練りに練った罠《わな》を邪魔したやり手だ。

サメがいなければ楽だった。中でも、シャチという名の実力者がいなければもう少し善戦した。

「お前、意外に話がわかるタイプだな」

スッ、と黒装束の侵入者は拳銃を引いた。

もっとも、当然のように拳銃は手放さない。

「君の命の保証は俺が承る」

ウラジーミルが所有する豪華な館には、強固な警備体制が敷かれている。たとえ、忍び込めたとしても、無事に脱出できる可能性は低い。内通者がいない限り。

「ウラジーミルに掛け合ってくれるのか?」

「ああ」

「ウラジーミルが初めての愛人に夢中になっている、と聞いた」

ウラジーミルの藤堂に対する寵愛《ちょうあい》ぶりは知れ渡っている。何を思ったのか、藤堂の好みがベルサイユ宮殿だと思い込み、この豪華絢爛《ごうかけんらん》な宮殿を手に入れた。それまで、大半を高級ホテルで過ごしていたらしいが。

「どこで?」

「あちこちで聞いた。一番多かった噂は中国人の美女で、二番目が中国人の美男子だ」

先だっての生誕祭の折、藤堂はウラジーミルの命を守るため、射撃の腕を披露してしまった。アレクセイ派により、ウラジーミル専属の殺し屋という噂も、イジオット内部では流れているはずだ。黒装束の侵入者は摑《つか》んでいないのか。

「君の依頼主は？」

「今までに何度か仕事を回してもらった奴だ」

「名は？」

「それは勘弁してくれ」

黒装束の侵入者は小刻みに首を振った。金で簡単に買収できる駒だと思ったが、意外にも律儀なのかもしれない。

「依頼内容は？」

「藤堂和真の消息」

俺の消息を極寒のロシアまで追いかけるのは眞鍋しかいない。

元紀はロシアにツテがない。

そんな金もないはずだ。

藤堂は依頼人が眞鍋組であることに確信を持った。

「俺の消息を追ってきたのか？」

藤堂は敗戦処理を自分の手でつけるつもりだった。

眞鍋の昇り龍に破れたから命の覚悟はしていた。

しかし、眞鍋組の二代目姐《あね》の問答無用の荒技と桐嶋に助けられた。藤堂組のシマをそのまま桐嶋が引き継ぐ形で決着を見たのだ。

『今、ここに藤堂組の解散を宣言します。藤堂和真はヤクザを引退して普通の男になります。長江組の皆様、お帰りください』

藤堂は桐嶋組の初代組長となった桐嶋のそばで、一般人として生きていくように命じられた。

けれど、どう考えても桐嶋のためにはならない。

桐嶋が深い眠りに落ちた隙《すき》を狙って東京を去った。渡欧しても眞鍋組のマークがついているのはわかっていた。

何度まこうとしても、実動部隊所属のシャチはまけない。

困り果てた時、ウィーンでウラジーミルに再会したのだ。それもいきなり、道の往来で口づけられた。

『眞鍋組の尾行がついていても問題はない。キスを見せつけてやる』

『……待て』

『いやだ』

『ウラジーミル、そんな子供みたいな……ああ、身体は大きくても子供だったな』

『どうしてロシアに来ない？』

ウラジーミルは藤堂が助けを求めてくるとばかり思っていたらしい。まったくもって、予想外だった。

そうして、ウラジーミルの援助により、シャチの尾行をまいた。

あれが運の尽きだったのか、と藤堂はウラジーミルの愛人に定着してしまった己の立場を憂う。

そんな場合ではないというのに。

依然として、目の前には凶器を手放さない黒装束の男がいる。

「藤堂和真の消息が途切れた。手がかりはイジオットのウラジーミルだと聞いた」

「それで？」

「ウラジーミルに藤堂和真は匿《かくま》われているはずだから探せ。潜入しろ、といつもの三倍の金を寄越しやがった」

今まで潜入した奴がみんな始末されたみたいだな、と黒装束の侵入者は低い声でボソボソと続ける。どれだけ危険な仕事か、わかっているが請け負ったのだ。察するに、まとまった金が必要なのだろう。

「報告は？」

「まだだ」

嘘をついている気配はない。

セーフ、と藤堂は心の中で安堵《あんど》の息をついた。

「ウラジーミルの愛人が藤堂和真だと目星をつけたのは誰だ？　東京の依頼人か？」

「……ああ、東京の依頼人らしいぜ」

「依頼人は外人部隊の元隊長か？」

サメはフランスの外人部隊に所属していた。一度も仕事に失敗したことのないシャチにしてもそうだ。

「それは知らない」

「ロシアで君に仕事を回した男は外人部隊出身だな？　それくらいは教えてくれてもいいだろう？」

おそらく、サメは外人部隊時代のツテを使っている。藤堂の脳裏には金を積んで集めたサメに関するデータがインプットされていた。

「ああ、フランスで外人部隊にいた奴だ」

「ウラジーミルの愛人は藤堂和真ではなかった、と報告したまえ」

「わかった」

「支払いはロシアルーブルがいいか？　ドルがいいか？　ユーロがいいか？」

「ドルがいい」

「もうひとつ、俺の願いを聞いてくれたら」

二倍出す、と藤堂は男にしては繊細な指を二本、意味深に立てた。ウラジーミルによる籠《かご》の中にいるといっさい身動きが取れない。黒装束の男が信用できないとわかっていても、使うしかないのだ。

「なんだ？　なんでも聞いてやるぜ？」

俺はそっちの趣味はないが、あんたを見ているとムラムラするんだ、と黒装束の侵入者は藤堂のしなやかな身体を抱き寄せた。

愚か者。

そんなことに気を取られている場合か。

藤堂が身体を強張《こわば》らせた途端、背後に氷塊の気配がした。

ガガガガガガガガッ。

いきなり、マシンガンの発射音が響き渡る。

バタンッ。

黒装束の侵入者は声を漏らす間もなく床に倒れ込んだ。

血の海だ。

「藤堂、浮気か？」

ウラジーミルがマシンガンを構えたまま、のっそりと藤堂に近づいてくる。背後には逞《たくま》しいイジオットの兵士が並んでいた。

「ウラジーミル、浮気に見えたのか？」

「身体を触らせた」

ガガガガガガガガッ。

すでに血まみれの死体になっているのに、ウラジーミルはマシンガンを連射した。人としての血が流れていないかのような風情だ。

「どうして殺す？」

死体はもはや原形を留《とど》めていない。

「お前の身体を触った」

ガガガガガガガガッ。

マシンガンの連射がようやく止まる。

「俺は無事だ」

「指一本、お前に触れることは許せない」

「どこから送り込まれた男か、口を割らせるべきだった」

「無用」

「生誕祭が終わってから何人目のヒットマンだ？」

ウラジーミルの実弟の死でイジオット内が揺れているからか、毎日、ノルマのようにウラジーミルめがけてヒットマンが乗り込んでくる。

「数える必要はない」

「今日、何人目のヒットマンだ？」

ひとり目は朝食の時、ふたり目は藤堂がピアノを弾いている時、三人目はイジオット本部の使者を出迎えた時、四人目はつい先ほどの寝室だ。五人目の侵入者の目的は自分だからカウントしない。

「藤堂のリクエストは警備態勢の見直しか？」

ウラジーミルが指摘した通り、蟻《あり》の子一匹入り込めない万全の警備態勢とは思えない。どう考えても内通者がいる。

イジオットは一枚岩ではない。当然、ウラジーミルと部下たちも一枚岩ではないということになる。

表立って、ウラジーミルに対する不満は出ていないようだが。

「もっと抜本的な解決を見たまえ」

裏切り者を見つけだせ。

黒幕を見つけだせ。

藤堂は言外で匂《にお》わせたが、ウラジーミルには届かなかった。

「それより、どうしてもっと早く助けを呼ばなかった」

ウラジーミルに黒装束の侵入者との会話を聞かれた気配はない。もし耳にしていたら、その場で眞鍋組に兵隊を送り込んでいるだろう。すなわち、眞鍋組と友好関係を結んでいる桐嶋の身も危ない。

「利用したほうがいいと判断した」

「利用する価値もない小者だ」

「小者でも利用価値があった。使い方次第だ」

藤堂の表情はこれといって変わらないし、語気も強くないが、ちゃんと怒りは届いたようだ。ウラジーミルは怪訝《けげん》そうな顔で聞き返した。

「なぜ、怒る？」

「君の脳内がウオッカに侵食されていると思いたくない」

ロシアからウオッカが消えれば、だいたいの問題が消えるだろう。すべての悪の原因だと揶揄《やゆ》されている。

ご多分に漏れず、ウラジーミルのウオッカ摂取量は凄《すさ》まじい。

「いやみか？」

「次のヒットマンは殺すな」

「なぜ？」

「殺すのはいつでもできる」

藤堂は諭すように言ったが、ウラジーミルは鼻で笑い飛ばした。

「それがお前の甘さだ」

ウラジーミルに言われるまでもなく、藤堂は自分の甘さが敗北を招いたと認めている。

眞鍋の昇り龍のように、性根までヤクザになりきれなかった。

「確かに、俺は甘い。ヤクザとして負け戦をして追われた理由は俺の甘さだが、君は短絡的すぎる」

「敵を見つけたら殺せ。鉄則だ」

「敵が増えるだけだ」

「我がロシアを見ろ。ロマノフ王朝を滅亡させたからソビエトが誕生した。ソビエトが解体したからロシアが生まれた」

すべて摘み取れ、すべて叩《たた》き潰《つぶ》せ、という氷の鉄則が凍《い》てつく大地に染みついているのかもしれない。

「お言葉だが、ロマノフ王朝の傍系の皇子は始末されなかった」

傍系の皇子が処刑されていたら、ウラジーミルは生まれていない。イジオット自体の誕生もなかった。

「俺の先祖は逃げた。逃げ続けたんだ」

「逃げ……」

藤堂の言葉を遮るように、ウラジーミルに唇で塞《ふさ》がれた。我が物顔で舌が侵入してきて、派手に追い上げられる。

またか、と藤堂は情熱的なディープキスを受け入れた。拒んでも追われるだけだから応

えたほうが賢明だ。

「藤堂、足を開け」

イジオットの皇子はベッドの中でも横柄だ。

「今夜はもう寝よう」

もはやそんな気になれない。黒装束の男の死体は運ばれたが、寝室は噎《む》せ返《かえ》るような血の臭いが漂っている。

「抱きたい」

「明日、モスクワで定例会があると聞いた」

柱時計で時間を確かめれば、すでに深夜の二時前だ。明日ではなく今日である。本拠地で行われる定例会にはウラジーミルといえども不参加は許されないと、イワンやマクシムから聞かされていた。

『ウラジーミルを遅刻しないように送りだしてクださい。愛人の役目デす』

イワンとマクシム、ふたりからそれぞれ釘《くぎ》を刺された。

「抱かせろ」

ウラジーミルに強引に抱き寄せられ、藤堂は軽く腰を捻った。

「一度でいい。俺の身体的な負担を考えてくれないか」

あの苛烈な眞鍋組の二代目でさえ、最愛の姉さん女房の身体的な負担を考慮し、自重しているというのに。

　ウラジーミルにつき合っていたら身体が保たない。

「医者を呼べばいい」

「それは避けたい」

「ロシアの医者は信用できないか？」

　ウラジーミルに真顔で尋ねられ、藤堂は首を左右に振った。

「そういうわけではない」

「日本人の医者ならばいいか？」

「医者の世話になるようなことはしたくない」

「俺はお前を抱きたい」

　抱かせろ、とウラジーミルは凄まじい力で藤堂の足を左右に開いた。火がついた。すでに火がついているのだ。

　冬将軍に火がついたら止められない。

「……ウラジーミル」

「抱く。お前は誰にも渡さない」

「せめて部屋を替えてくれないか」

　ポンポン、と藤堂はウラジーミルの逞しい肩を叩いた。

「なぜ」

「血の臭いがする」

「それがどうした」

早くもウラジーミルの分身が熱を持っていることに気づく。藤堂は観念すると、身体の力を抜いた。

激烈な冬将軍を止められないことはわかっているから。

3

かつて敬愛していた実父の涙声が聞こえた。

『和仁《かずひと》、愚かな父を許せ』

あの夜、実父に飲めないアルコールで酔わされ、会社の屋上から突き落とされそうになった。

父が。

誰からも尊敬されていた品行方正な紳士が。

金のために息子を手にかけようとした。

僕よりお金が大切ですか。僕より会社が大切ですか。僕よりご自分の立場《ば》が大切ですか。僕はあなたが唾棄《だき》していたヤクザになりました。ヤクザの中でも薬屋と馬鹿《ばか》にされる覚醒剤《かくせいざい》を扱いました。小汚いヤクザとして名を馳《は》せました。僕を殺して生命保険金を受け取るより、僕を働かせたほうがお金になりましたよ。

藤堂《とうどう》は後悔に打ちひしがれる実父を払いのけようとした。

それなのに、実父は消えない。

消したい。

消し去りたいのに。

えげつないことに手を染めたからか、殺し屋として仕事を受けたこともあるからか、不思議なくらい実父に対する怒りは消えたはずなのに。

「……藤堂？　藤堂？　どうした？」

黒髪ではなく銀色に近い金髪。

黒い瞳《ひとみ》ではなく強い青い瞳。

実父ではない。

ギリシャ神話の美神の如《ごと》き美青年だ。ベッドの脇《わき》にある猫脚の小さなテーブルには、ウオッカの瓶が何本も置かれている。

「……あ」

藤堂は実父の夢で魘《うな》されていたことに気づいた。

「藤堂、俺の夢じゃないな？」

「……ウラジーミル」

喉《のど》が渇いたが、ウオッカを飲む気は毛頭ない。ベッドから降りてワゴンに用意されているミネラルウォーターで喉を潤したいが、ウラジーミルの逞《たくま》しい腕に抱かれ、身動きが取れなかった。

「誰の夢を見ていた？」

「聞いてどうする？」

水、と藤堂が掠《かす》れた声で言うと、ウラジーミルはのっそりとベッドから降りた。ワゴンにあるミネラルウォーターの瓶を持ってきてくれる。いつも威圧的に命令するだけの皇太子ではない。

「俺に抱かれた後でどうして俺の夢を見ない？」

ウラジーミルにミネラルウォーターの瓶を手渡され、藤堂はカラカラの喉を潤した。やっと落ち着く。

「君は子供のままか」

「成人した」

「ああ、身体《からだ》は立派だ」

桐嶋《きりしま》や眞鍋《まなべ》の昇り龍は日本人離れした体格だが、ウラジーミルは根本的に違った。おそらく、東洋人とは骨格からして異なる。

「誰の夢だ？」

ウラジーミルが変な誤解を抱く前に、さっさと明かしてしまったほうがいい。藤堂は冷静に答えた。

「久しぶりに父の夢を見た」

実父は忘れたくても、忘れられない。

「父親？」

「生命保険金目当てで俺を殺そうとした父親だ」

「始末してやる」

ウラジーミルの言葉に、藤堂は目を瞠《みは》った。

「なぜ？」

「お前が苦しそうだから」

ウラジーミルの思考はとてもシンプルだ。

「君は苦しいのか？」

君も実父に殺されかかった。

今でも苦しいか。

藤堂は暗に過去を示唆したが、ウラジーミルには通じなかった。

「何が？」

「ウラジーミル、初めて会った時のことを覚えているな？」

ロシアで初めて会った時、藤堂が般若《はんにゃ》を背負った二十二歳、ウラジーミルは学生で十七歳だった。

「ああ」

「あの頃、俺は金子《かねこ》組の若頭補佐だった」

藤堂は指定暴力団・金子組の構成員になり、語学力と頭脳を活用して莫大《ばくだい》な金を叩《たた》きだした。火の車だった金子組の経済を立て直し、二十二歳という若さで若頭補佐の地位を得たのだ。

けれど、藤堂はヤクザから遠くかけ離れた容貌《ようぼう》でさんざん馬鹿にされた。金子組の内部でもひどかったものだ。

もっとも、常に藤堂は実力でねじ伏せた。

それゆえ、ロシアン・マフィアのブルガーコフと麻薬ルートが絡んだ大切な仕事を、古株の幹部とともに任され、極寒のロシアに飛んだ。

交渉中、ブルガーコフが卑劣な組織だと気づき、金子組が潰《つぶ》される危機感を抱いたのは藤堂だけだった。何せ、その時、ブルガーコフは敵対していたイジオットのボスの息子を帰宅途中に誘拐して本拠地に監禁し、縄張りを拡大させようと画策していたのだ。

「初めて会った時、俺はブルガーコフの奴《やつ》らにやられていた」

ウラジーミルはどこか遠い目で屈辱の日を語った。

あの日、あの時、十七歳のウラジーミルはロープで縛られ、ブルガーコフの粗野な男たちに暴力を振るわれていたのだ。

ウラジーミルは弱音ひとつ吐かなかった。

見るに見かね、ポケットマネーを出して、ウラジーミルを暴力から救ったのが藤堂だ。

そして、ブルガーコフの本拠地に与えられた一室で、ウラジーミルの身体を優しく労《いたわ》った。

しかし、ウラジーミルはふてぶてしかった。ブルガーコフのメンバーが苛立《いらだ》った理由がよくわかる。

「君はどこからどう見ても誘拐された子供ではなかった」

十七歳当時の何者にも屈しない不屈の瞳は今でも健在だ。

「覚悟はしていた」

「覚悟していたのか？」

「俺はイジオットのボスの息子として生まれ育っている」

学校からの帰宅途中、ウラジーミルは同じ歳《とし》の恋人を庇《かば》って、拉致《らち》されてしまったという。もし、隣に恋人がいなければ、拉致されずに逃げていたかもしれない。

「ウラジーミル坊やは子供の頃から優秀だと聞いた」

「祠堂《しどう》和仁坊やもな」

「俺は君ほどではない」

ウラジーミルは子供の頃から神童と称《たた》えられ、誰よりも将来を嘱望されていた。まず、イジオットのボスが跡取り息子を見捨てることはないはずだ。

「藤堂、お前も知っているだろう。俺は父に始末されるところだった」

藤堂だけでなくブルガーコフの面々も、イジオットのボスからのコンタクトを待っていた。

なのに、イジオットの実動部隊がブルガーコフの本部を襲撃した。そのうえ、誘拐されたウラジーミルともどもブルガーコフのメンバーを皆殺しにした。

いや、藤堂の咄嗟《とっさ》の判断でウラジーミルは救いだしたが。

『ウラジーミル、ボスはご立腹です。どうしてブルガーコフ如きに拉致され、自力で脱出もせずに監禁されているのか、と』

イジオットのボスの側近はウラジーミルにマシンガンを向け、容赦のない言葉を浴びせた。

今でも藤堂の耳にこびりついている。

おそらく、ウラジーミルの耳にも残っているだろう。

『無能な後継者は無用だと、ボスから抹殺指令が下りました。恨まないでください。すべてはあなた自身が招いたことです』

イジオットのボス、すなわち父親にウラジーミルは無能の烙印《らくいん》を押された。抹殺指令。

さすがのウラジーミルも顔色を失う。

藤堂は始末されようとしているウラジーミルがかつての自分に重なる。

ウラジーミル、受け取れ。

藤堂はウラジーミルに床に転がっていたマシンガンを手渡した。

その時、ウラジーミルの生まれながらに背負っていた冬将軍が覚醒したのだ。

『俺を誰だと思っている？　俺が誰かよく考えてから言え』

ウラジーミルはイジオットのメンバーをマシンガンで撃ちまくった。

藤堂は柱の陰から狙《ねら》いを定め、きっちりと撃ち殺した。ボスの側近も。イジオット側の責任者も。当時のウラジーミルの後見人も。

藤堂にとっても忘れられない銃撃戦だ。

初めて人を殺したのだから。

不利な銃撃戦を制したのは、藤堂とウラジーミルだ。生き残ったのも、藤堂とウラジーミルだけだった。

藤堂にとって思い出と霞《かす》まない過去だ。

「ウラジーミル、今でも鮮明に覚えている。君はマシンガンを抱えて泣いていた」

ウラジーミルは血の海の中、マシンガンを抱えて獣のように号泣した。

「藤堂、お前は俺を抱き締めた」

「ああ」

過ぐる日、桐嶋が自分にしてくれたように、藤堂は無言でウラジーミルを力の限り抱き締めた。

ずっとずっと抱き締め続けたのだ。

「藤堂は俺に気があるんだと思った」

ウラジーミルは皮肉っぽく笑ってから、藤堂の頰《ほお》に唇で触れた。

「誤解だ」

「あの時、藤堂を俺のものにすると決めた」

「そんなことを考えていたのか？」

過去の自分がそうだったように、ウラジーミルも自ら死を選ぼうとするかもしれない。在りし日の自分は何度も衝動的に自殺しようとしたが、そのつど、桐嶋に感づかれて止められた。

自分の過去と当時のウラジーミルが重なった。

それだけだ。

それだけで藤堂はウラジーミルを連れて、死体の山を築いたブルガーコフの本拠地を後にし、外資系のホテルに泊まった。

その夜、泊まった外資系のホテルで、藤堂はウラジーミルに抱かれたのだ。

拒もうと思えば拒めた。

が、あの時は拒めなかった。

ウラジーミルが自分からイジオットに帰るまで、毎晩、藤堂は抱かれ続けた。とうとう一度も拒絶できなかった。

おそらく、桐嶋が知れば罵《ののし》るだろう。甘い、と。そないに甘いから、つけこまれるんや、と。

「藤堂は俺を受け入れた」

ウラジーミルに真顔で言われ、藤堂は苦笑を漏らした。

「主観が違うと見解は変わる」

「あの時、俺はお前に決めた」

ウラジーミルは現在について言及している。誰に何を言われても、結婚や愛人を拒絶した理由だ。

「俺は無様なウラジーミルの姿を知っている。だから、俺を女みたいに抱いて払拭《ふっしょく》したいだけだ」

生誕祭の時に言ったはずだ、と藤堂は伏し目がちに続けた。

「そうしたいならそれでいい。ただお前は離さない」

生誕祭の時に言ったはずだよな、とウラジーミルは意趣返しのように続ける。

「ウラジーミルが本当に求めているのは俺じゃない」

「お前だ」

「過去に縛られているだけだ」

過去、と藤堂は感情を込めて繰り返した。

「俺がボスに始末されそうになった過去に縛られていると言いたいのか？」

「やっと通じたか」

藤堂が軽い微笑を浮かべると、ウラジーミルの眉《まゆ》が顰《ひそ》められた。心なしか、周りの空気がざわめく。

「それで昔話を持ちだしたのか」

「ああ」

「俺は藤堂みたいに父の夢で苦しまない」

すでにウラジーミルは乗り越えているのか、虚勢を張っているのか、藤堂には判断がつかない。もっとも、藤堂が知る限り、ウラジーミルが悪夢で魘された夜は一度もなかった。

「そうか」

「ただ、いくら父でもお前に手を出したら許さない」

あの時、十七歳のウラジーミルは宣言した。

『俺はイジオットのトップに立つ』

実父に無能として処理されそうになり、ウラジーミルの身体に流れる青い血が騒いだのかもしれない。

事実、ウラジーミルは巨大な組織のトップに続く階段を上り始めている。

ただ、若さゆえの傲慢《ごうまん》さや荒っぽさが目立つ。

「ウラジーミル、冗談でもそんなことは言うな」

「冗談じゃない」

ウラジーミルには巨大な父に対する対抗心混じりの反発心が燻《くすぶ》っている。おそらく、ボス側も気づいているはずだ。

「君はまだボスには遠く及ばない」

「俺を見くびるな」

「度を越した自信過剰は自滅を招く」

藤堂の目が曇った時、非常事態を知らせる警報ベルが鳴り響いた。瞬時にウラジーミルが拳銃《けんじゅう》を構える。

「またか」

「ゴドノフと戦争した時に比べたらマシだ」

「ゴドノフ?」

ウラジーミルが制圧したロシアン・マフィアのひとつだったな、と藤堂は脳裏にインプットされていたロシアのデータを引きだした。しかし、意図的にわからないふりをしてウラジーミルに尋ねる。

「俺が制圧したロシアン・マフィアだ」

死神と契約を結んだと揶揄《やゆ》されるウラジーミルの戦いぶりは、ロシアだけでなく欧州中に轟《とどろ》いている。ロシアに進出しようとしたトルコ系マフィアを単独で壊滅させ、冬将軍の異名を確かなものにした。イタリアでのシチリア系マフィア相手の狂気じみた戦争は冬将軍の名に拍車をかけた。

ウラジーミルの弟ふたりにそういった戦歴はない。次期ボスの最有力候補と目される所以《ゆえん》だ。

「残党はどうなった？」

全滅は限りなく不可能に近い。藤堂の持つロシアのデータに、ゴドノフの残党に関するものはなかった。

「ひとりも漏らしていない」

「ひとりも？」

「俺はそんなヘマはしない」

ウラジーミルが不敵に口元を緩めた時、若い部下が現れた。不法侵入者を射殺した報告だ。

「ウラジーミル、殺す前に口を割らせたまえ」

「無用」

依然として、ウラジーミルは取り付く島がない。藤堂も執拗《しつよう》にねばらず、ウラジーミルに促されるがまま一緒にシャワーを浴びる。

藤堂の身体にはいつ、つけられたかわからないキスマークがあちこちにべったりと張りついていた。

ウラジーミルは満足そうに見つめ、薄くなっていた左胸のキスマークを指でなぞった。そうして、吸い付いた。

「ウラジーミル」

「消えかかっている」

ウラジーミルにとって藤堂の肌に残る紅《あか》い跡は所有の証《あかし》なのか。身体中にキスマークが残っていないと気がすまないのか。

藤堂は言いたいことを適温のシャワーで流した。もし、反論してウラジーミルの機嫌を損ね、ベッドに逆戻りしたら元も子もない。

シャワーを浴び、身なりを整える。

純白の薔薇《ばら》が飾られた食堂で、藤堂はウラジーミルと向かい合って朝食を食べた。何種類ものパンにチーズにサラミ、マヨネーズで和《あ》えたオリヴィエ・サラダやフルーツがテーブルに並んでいる。

「藤堂、もっと食べろ」

ウラジーミルと藤堂の体格差は食事量に比例する。

「これで充分だ」

藤堂はライ麦が使われた黒パンにチーズを載せて食べる。それでいい。

「日本食がいいのか？」

ロシアにおいて日本食は独自の進化を遂げている。お抱えシェフが腕を振るう日本食は藤堂の口には合わない。チーズやレタスが入った味噌汁《みそしる》は無理だ。

「ロシア料理がいい」

黒パンにはキャラウェイシードがたっぷり混ぜ込まれ、とても香ばしい。赤いコケモモの実が載った塩漬けのキャベツも美味《おい》しい。

「ならば、もっと食べろ」

ウラジーミルは白丸パンにイクラとチーズを載せて平らげた後、黒パンにサラミとチーズを載せて食べた。

「明日、いただく」

「昨日もそんなことを言った」

ウラジーミルがきつい口調で咎《とが》めると、証人とばかりに給仕係も相槌《あいづち》を打った。使用人の間でも藤堂の食事量は心配の種らしい。

藤堂にしてみればロシア人と日本人の差だ。いや、ロシアのみならず欧州人との違いだろう。

「ウラジーミル、そんなことより、時間を気にしたほうがいい。会議に遅れるわけにはいかないだろう」

「誤魔化すな」

「時間を確かめたまえ」

朝食を食べ終えた後、ウラジーミルを見送る。なんでも、キスで見送ることは愛人の役目だという。

チュ、と藤堂はウラジーミルのシャープな頬に優しいキスをした。いってらっしゃい、のキスだ。

ウラジーミルは藤堂の唇に派手な音を立ててキスをする。いってきます、のキスだ。

ロシアでは同性愛者に対する迫害が凄《すさ》まじいというが、ウラジーミルの部下たちや使用人たちは嬉《うれ》しそうに眺めている。

その意味をあえて藤堂は考えない。

ウラジーミルを送りだした後、束《つか》の間《ま》の自由の時間が得られる。もっとも、外出は許されない。

ピアノを弾く。それもただのピアノではない。ウラジーミルが藤堂のためにオークションで競り落としたというピアノだ。

マクシムや使用人たちも耳を傾けている。

しかし、旋律を乱す複数の足音とロシア語が聞こえてきた。

ヒットマンではない。

ヒットマンではないが、招かれざる客たちだ。

ウラジーミルの実母であるオリガが、ロシア語で捲《まく》し立《た》てている。ウラジーミルの弟のセルゲイが必死に宥《なだ》めているようだが鎮まらない。

カツカツカツカツカツカツカツ、とオリガが藤堂めがけて近づいてくる。藤堂はピアノの椅《い》子《す》から立ち上がり、オリガに向かって腰を折った。

バシッ。

いきなり、藤堂はオリガに平手打ちを食らう。

オリガに物凄《ものすご》い剣幕で罵倒《ばとう》され、胸を激しく叩かれる。セルゲイや侍女はオロオロするだけだ。

ロシア語だから何をどのように詰《なじ》られているのかわからない。それでも、アレクセイの死が原因で罵倒されていることはわかる。

アレクセイ派から俺がアレクセイを殺した殺し屋とでも聞いたのか、ヤーコフはアレクセイ派を鎮めたのではなかったか、母親のオリガは手がつけられないのか、藤堂はいっさい抗《あらが》わず、オリガの怒りを受け止めた。

パシッ、パシッ、パシッ。

何度、オリガに頰を連打されたかわからない。

マクシムをはじめとするウラジーミルの部下や使用人たちは、真っ青な顔で狼狽《ろうばい》するだけだ。ボスの妻相手では何もできない。

「……っ」

藤堂があまりの猛攻に声を漏らした時、セルゲイが日本語で尋ねてきた。

「藤堂は殺し屋か？」

セルゲイの日本語はウラジーミルに勝るとも劣らず流暢《りゅうちょう》だ。イジオットが日本進出を目論《もくろ》んでいるからだろう。

「違います」

「日本攻略の先鋒《せんぽう》か？」

今までウラジーミルは冷酷な手腕を発揮してきたから、藤堂を愛人として遇していることに裏があると思い込んでいる。イジオット側から見れば、藤堂は日本攻略における最適

な駒《こま》だ。

「違います」

「ウラジーミルの愛人か？」

セルゲイに躊躇《ためら》いがちに聞かれ、藤堂はシニカルな笑みを漏らした。

「俺はウラジーミルのベッドの相手しかしていません」

ウラジーミルには愛人として扱われている。ふたりで立てた計画は日本攻略ではなくロシア観光だ。

「アレクセイを殺したのは藤堂じゃないのか？」

「アレクセイがヒットされた時、俺はパーベルと一緒にいました。確認を取ってください」

ちょうどその時、藤堂はボスに最も信頼されている側近に試され、日本攻略を持ちかけられていた。報酬は神戸《こうべ》と大阪《おおさか》の支配権だ。

「藤堂がアレクセイを殺したと吹聴しているメンバーがいる。ママが小耳に挟んで逆上した」

セルゲイは困惑顔でオリガ錯乱の理由を明かした。

「誤解は解けていないのですか？」

「アレクセイの後見人だったヤーコフは藤堂が怪しい、って疑っている」

セルゲイが声のトーンを落として放った言葉に、藤堂は戸惑ったものの、態度には出さなかった。

「ヤーコフがそのようなことを？」

ヤーコフは荒れるアレクセイ派のメンバーを宥めたはずだ。いや、ヤーコフはウラジーミルに臣下の誓いを立てたはずだ。

いったいどういうことだ。

裏切りか、と藤堂はいやというぐらい自身が体験した過去を思いだした。もっとも、そんな場合ではない。

「はい。ヤーコフをはじめとするアレクセイ派のメンバーは、ウラジーミルを敵のように憎んでいる。同じイジオットのメンバーなのに」

セルゲイは悔しそうに唇を嚙《か》み締《し》め、内部抗争を嘆いている。一歩間違えれば、取り返しのつかない事態を引き起こすだろう。

「誤解です」

藤堂が首を左右に振ると、セルゲイは確かめるように言った。

「誤解ですか？」

「誤解です」

「なら、ヤーコフやアレクセイ派の主要メンバーが不審な動きをしている。煽《あお》りだと思う。ウラジーミルに乗らないように注意してください」

セルゲイにウラジーミル説得を託され、藤堂は面食らってしまった。

「あなたは弟です。あなたからウラジーミルに言ってください」

「ウラジーミルは僕の言うことに耳を貸さない」

セルゲイはどこか遠い目で言った後、泣き崩れるオリガをぎゅっ、と抱き締めた。そうして、力ずくでオリガを藤堂から引き離す。

「藤堂、すまない。ママを許してくれ」

セルゲイは沈痛な面持ちで詫《わ》びてから去っていった。嗚咽《おえつ》を零《こぼ》すオリガを抱きかかえながら。

まるで、雪崩。

まさしく、雪崩。

雪崩の後、マクシムにしろ、使用人頭をはじめとする使用人たちにしろ、その場で放心していた。

藤堂も雪崩をやり過ごし、ほっと一息つく。

その拍子に、マクシムは我に返ったようだ。

「……と、と、と、藤堂、医者を呼ぶ」

マクシムはオリガに殴られ続けた藤堂の顔を見た途端、卒倒した。……否、その寸前、見事な意匠が施された円柱に縋《すが》り、すんでのところで踏み留まる。

「マクシム、医者はいい」

「……医者だ。医者を呼ぶ。美容整形の医者が必要なのかな?」

「医者は無用」

オリガは闇《やみ》組織の総帥夫人ではなく、単なる情の深い母親だ。ヒリヒリ、頬が痛んでも、オリガに対する不満はいっさい湧《わ》かない。

「綺麗《きれい》な顔が腫《は》れている。ウラジーミルが怒る」

「構わない」

「ウラジーミルが怖い」

「冷やせば治るだろう」

「俺たちがウラジーミルに殺される」

マクシムは土色の顔でオロオロしたが、藤堂は相手にしない。それより、気にかかることがある。

「マクシム、セルゲイとはどういう男だ?」

アレクセイはすぐに兄のものを欲しがる軽薄な男だと気づいた。セルゲイにそういったイメージは持たないけれども。

よくも悪くも、ウラジーミルとアレクセイの個性が強かったから、三男坊の霞み具合が妙に引っかかる。

「従順な男だ。今までボスにもオリガにもウラジーミルにも逆らったことはない」

「ウラジーミルやアレクセイと同じ血が流れているのに従順なのか?」

「セルゲイはオリガに甘やかされて育った。歳も離れているから、ウラジーミルやアレクセイとは教育官が違うよ」

どうやら、マクシムにとってもセルゲイは可愛《かわい》い末っ子だ。藤堂はセルゲイから聞いたヤーコフに神経が尖《とが》る。

「ヤーコフとはどういう男だ?」

「ヤーコフは二枚舌」

マクシムはあっさりとアレクセイの後見人について称した。呼び鈴を鳴らし、使用人に紅茶と焼き菓子をオーダーする。

「二枚舌?」

「ヤーコフの言葉を丸呑《まるの》みしちゃ危険だ」

「ウラジーミルはヤーコフの二枚舌を知っているか?」

「知っている。だから、ヤーコフが提案したフランスの食料品会社の買収に手を貸さなかった」

イジオットは非合法な手段で莫大な利益を得ていた。同時にイジオットが手がける正規のビジネスは多岐にわたり、表の世界でも莫大な利益を得ている。

「ウラジーミルはヤーコフの性格を知っていて、あの申し出を受け入れたのか……」

藤堂が生誕祭でのやりとりを思いだした時、若い使用人が銀のワゴンで紅茶を運んできた。

殺気を感じる。

その瞬間、バルコニーにライフルを構えるヒットマンを見つけた。

この部屋は防弾ガラスじゃない。

危ない。

ズギューン。

銃声が鳴り響く。

撃たれた。

藤堂は床に倒れた。

いや、瞬時に身を反らし、床に倒れ込んだのだ。

マクシムがロシア語で怒鳴り、警報ベルを鳴らす。いっせいに館に詰めていた兵隊たちが動きだした。

ヒットマンはライフルを手にしたまま逃げる。

「狙われたのは俺か……」

藤堂は自分がターゲットになっていることにいやでも気づく。

泣きながら乗り込んできたオリガ、アレクセイ派のヤーコフ、眞鍋の二代目、と瞼《まぶた》をそれらしい人物が過《よぎ》る。

ロシアで眞鍋の二代目にそこまでの力はない。

不夜城の覇者を排除した時、マクシムが死人のような顔で戻ってきた。ホールドアップの体勢で。

「……藤堂」

マクシムはライフルを突きつけられている。つい先ほど、バルコニーにいたヒットマンではなく、アレクセイの側近だった青年だ。生誕祭の日、ウラジーミルが目をかけている部下と殴り合いの喧嘩《けんか》をしていた。

ロシア語で捲し立てられる。

「マクシム、そのお客様の要望を言いたまえ」

藤堂が通訳を求めると、マクシムは悔しそうに歯をキリキリと嚙み締めた。伝えたくないのだろう。

「マクシム、訳してくれ」

「言いたくないけど、本当に言いたくないけど……つい先ほど、この館はアレクセイ派に占拠された。藤堂は人質代表としてウラジーミルに連絡を入れてください」

マクシムは凄まじい屈辱で今にも憤死しそうだ。

「アレクセイ派に占拠されたのか？」

藤堂が驚愕《きょうがく》で目を瞠った時、館の使用人たちがぞろぞろと入ってきた。背後にはライフルを構えたアレクセイ派の兵隊が何名も続く。

ウラジーミルが不在の時、警備が手薄になることには気づいていた。けれども、藤堂はあえて指摘しなかった。

ズギューン、ズギューン、ズギューン、ズギューン。

どこからともなく、銃声が響いてくる。

ロシア語が飛び交う中、ロシア語訛《なま》りの英語が聞こえた。ほかでもない、藤堂に向けられた英語の命令だ。

「愛人、ウラジーミルに泣きつけ。助けてください、となし
アレクセイ派の責任者らしき青年が大股《おおまた》で近づき、ライフルの照準を藤堂の眉間《みけん》に定めた。

「君たちがウラジーミルに要求するものは？」

藤堂が英国英語で尋ねれば、ロシア語訛りの英語で返答があった。

「ウラジーミルは幹部の座から退き、シベリアで愛人と一緒に蟄居《ちっきょ》生活を送れ」

シベリアという極寒の流刑地がシュールだ。

「君たちのトップは誰だ?」

「今も変わらず、アレクセイ様だ」

そこまで忠誠を捧《ささ》げる価値のある男ではなかったのに、と藤堂は亡きアレクセイの部下たちに感心してしまう。

「残念だが、アレクセイはこの世にはいない。ウラジーミルが引退したら、誰がイジオットの将来を担う?」

「アレクセイ様の子供がいる」

藤堂の記憶が正しければ、アレクセイと正妻の間に子供はいなかった。愛人は元男爵家の美人令嬢だ。

「タチアナ夫人ではなく愛人が産んだ男児ですね? まだ二歳とお聞きしたが?」

「アレクセイ様の遺児が成人するまで、セルゲイ様にイジオットを託す。セルゲイ様はウラジーミルのような残虐な悪魔ではない」

どうやら、アレクセイ派は遺児を担ぎ上げ、三男坊のセルゲイの援助を求めるようだ。アレクセイ派のメンバーもセルゲイには危機感を抱かないらしい。

「よく考えたまえ。ウラジーミルを残虐な悪魔と罵るが、君たちはロマノフ王朝に仕える近衛兵《このえへい》ではない。イジオットは帝政ロシアではなくマフィアだ。残虐な悪魔でなければ、マフィアの幹部は務まらない」

セルゲイが信用に値する人物か、と藤堂は言外に匂《にお》わせた。

グイッ。

さらに強く銃口を押しつけられただけだ。

「減らず口をたたくな。さっさとウラジーミルに連絡を入れろ」

「ウラジーミルは定例会だ」

「定例会は終わった。ウラジーミルは愛人へのプレゼントを物色中だ」

俺ひとりならばどうとでもなるのに、と藤堂は恐怖で怯《おび》えている使用人たちを見て、ひたすら悩む。

毎日、美味しい紅茶を淹《い》れてくれる使用人はガクガク震え、今にも卒倒しそうだ。お抱えシェフは気丈に振る舞っているが、若い見習いや給仕係は立っていられず、その場にズルズルとへたり込む。

「ウラジーミルの愛人、早くウラジーミルに泣きつけ」

「ボスにこんなことが発覚したらまずいのではないか？」

「ボスも大幹部も我らを咎めたりはしないだろう。ヤーコフがボスに承諾を得た」

イジオットのボスや右腕と目されるパーベルが、アレクセイ派の攻撃を承認したというのか。

万事休す。

いくらウラジーミルでもボスには遠く及ばない。

いや、待て……。

「ヤーコフがボスに承諾を得たのか?」

落胆するのはまだ早い。

藤堂は冷静な目で確認した。

「そうだ」

口では肯定しているが、微《かす》かな動揺が見える。

これは嘘《うそ》だ。

ヤーコフはボスや大幹部の承認は得ていない。成功した後、ボスや大幹部にあれこれ取り繕う手筈《てはず》だ。

ボスや大幹部は勝利者を取り立てる。

それは今も昔も変わらない。

ボスや大幹部もそうやってイジオットという組織の頂点に立ったのだろう。

さて、どうするか。

泣いて縋るか。

ウラジーミルに泣いて縋っても事態が好転するとは思えない。一歩間違えれば、ウラジーミルが総攻撃を仕掛ける。

俺の命はウラジーミルが放った部下に助けられるかもしれないが、一般の使用人たちの命まで助けようとするだろうか。助けようとしても助けられないかもしれない。

藤堂は腹をくくった。

「アレクセイは残虐な暴君だったのではないか？」

藤堂が煽るように言うと、想定内の反応があった。

「残虐な暴君はウラジーミルだ。アレクセイ様は優しいボスだった」

「優しいアレクセイの部下がどうしてなんの罪もない一般人を銃で脅す？　人質なら俺ひとりでいいだろう？」

「殺し屋、その手には乗らない」

「俺を殺し屋だと怯えるのならば、俺の両腕を撃ち抜いて使い物にならないようにしたまえ。人質は俺ひとりで充分だ」

撃て、とばかりに藤堂は両手を差しだした。

「まず、ウラジーミルに泣きつけ」

「ウラジーミルに泣きつくのは、俺の両腕を潰し、一般人の使用人を解放してからだ。ロマノフの再興を願うイジオットが巷《ちまた》のマフィアの真似《まね》をするな」

ロマノフの名を出し、その自尊心を揺さぶれば落ちるはずだ。果たして、藤堂の読みは当たった。

「わかった」

「さぁ、俺の両腕を撃ち抜け」

ライフルが藤堂の左腕に向けられた。

マシンガンとピストルが藤堂の右腕に向けられた。

ズギューン、ズギューン、ズギューン。

ガガガガガガガガガガッ。

プシューッ、という血の飛び散る音。

藤堂の全身が血にまみれた。

が、藤堂の両腕が撃ち抜かれたわけではない。

なんの痛みもない。

銃声とロシア語が飛び交う中、藤堂にマシンガンを向けていた男が倒れる。藤堂にライフルの照準を定めていた男も倒れる。

シェフや見習いにマシンガンを向けていた男も、庭師にマシンガンを向けていた男も、メイドにマシンガンを向けていた男も倒れた。

ガガガガガガガガッ。

ズギューン、ズギューン、ズギューン。

死神が降臨した。

否、死神と契約している冬将軍の登場だ。ウラジーミルが部下を従え、バルコニーから飛び込んできた。

「よくも俺の藤堂を狙ったな」

ウラジーミルの殺気は凄まじく、マシンガンを連射する手に容赦がない。

天井からもウラジーミルの若い部下が何名も降りてくる。それぞれ、その手には凶器が握られていた。

続き部屋にいたアレクセイ派のメンバーが応戦する。

どこからともなく、凄絶《せいぜつ》な爆発音とともにウラジーミルに対する呪詛《じゅそ》のような言葉が響き渡った。

ロシア語だが、藤堂にもなんとなくわかる。

目の前は激烈な銃撃戦。

後ろは耳障りな破壊音。

藤堂の前にはウラジーミルとマクシムが盾のように立ち、守っている。しかし、使用人たちに盾はない。

「ウラジーミル、使用人に当たる」

藤堂は真っ青な顔で注意したが、ウラジーミルにしろ部下たちにしろ、震えている使用人たちには目もくれない。

「伏せろーっ」

藤堂は英語で使用人たちに向かって叫んだ。

けれど、使用人たちは恐怖で硬直している。

「流れ弾に当たる。隠れろっ」

再度、藤堂が声を上げたが、使用人たちは命のない置物のように固まっているだけだ。

「伏せろっ」

呆気《あっけ》ない幕切れ。

あっという間に、勝敗はついた。

藤堂を囲んでいたアレクセイ派のメンバーが撃ち殺される。使用人たちを凶器で脅していたアレクセイ派のメンバーも撃ち殺された。

それでも、マシンガンの音は止まらない。

「ウラジーミル、もう死んだ。やめろ」

「藤堂、お前を狙う者は許さない」

「俺は無事だ」

どうやったらブチ切れた皇子を鎮められるのだろう。マクシムにしろ、イワンにしろ、側近たちは誰もウラジーミルに近づこうともしない。何せ、下手に近寄ろうものなら、マシンガンの餌食《えじき》だ。

「怪我《けが》は？」

「怪我ひとつない」

「顔が腫れている。殴られたのか？」

ウラジーミルの視線の先は、藤堂の腫れた頰だ。

「聖母マリアにおしかりを受けた。すぐに治る」

「聖母マリア？」

「ウラジーミル、落ち着け」

俺は無事だ、と藤堂が宥めようとしても、冬将軍の苛烈《かれつ》な殺気は鎮まらない。人としての血が流れていないような表情でマシンガンを連射する。

もうすでに藤堂を狙った輩《やから》は人としての原形を留《とど》めていない。

「藤堂、ウラジーミルにキスしてあげてください」

マクシムにそっと耳打ちされ、藤堂はウラジーミルを背後から抱き締めた。そうして、その頰にキスをした。

その途端、血に飢えた野獣の如き冬将軍から殺気が消える。

いったいこれはなんだ、眞鍋の二代目を宥める姐《あね》さんそのものじゃないか、と藤堂は楚々《そそ》とした姉さん女房にてんで弱い不夜城の覇者を思いだした。

「ウラジーミル、死体に鉛玉を撃ち込むメリットがあるなら教えてくれ」

ポンポン、と藤堂はあやすようにウラジーミルの逞しい背中を叩いた。

「二度と誰もお前を狙わないように」

「それは無理だ」

かつて不夜城の覇者には、どんなに虱潰《しらみつぶ》しに探してもなんの弱点もなかった。だが、今では街のチンピラでさえ弱点が何か知っている。すなわち、不夜城の覇者が妻と遇している十歳年上の内科医だ。

今までウラジーミルに弱点はなかった。

藤堂はウラジーミルの弱点になりたくなかったのに。

愚かにも、ウラジーミルが自ら自身の弱点を公にしている。

「無理か？」

ウラジーミル自身、藤堂が狙われたわけをよく知っている。

「俺を放りだしてくれたら俺は二度と狙われないだろう」

「お前は俺のものだ。手放さない」

ウラジーミルの唇が藤堂の半開きの唇に重なる。

その直前、藤堂は自分の手でウラジーミルのキスを止めた。今さらだが見慣れないウラジーミルの部下もいるから控えたい。

「そういうことを公言しないでほしい。狙われる確率が高くなる」

ウラジーミルが初めて囲った愛人というだけで狙われる。夢中になっている愛人となればなおさらだ。

「手を打つ」

ウラジーミルの背後にすべてを飲み込むような凄絶な吹雪が見えたような気がした。ナポレオンやヒトラーの侵攻も阻んだロシアの冬将軍だ。

「どんな手を打つ？」

「ヤーコフもろともアレクセイ派の残党を処理する」

ウラジーミルらしい対処だが、到底、藤堂は賛同できない。

「断固として反対する」

「なぜ？」

「アレクセイ派のメンバーは処理できるような人数じゃない。戦争になる」

マクシムからチラリと聞いたが、アレクセイがウラジーミルの元婚約者と結婚したことにより、アレクセイ派は無視できない規模になった。戦えば、全面戦争になる。

「すぐに片づける」

ウラジーミルは全面戦争に踏み切る気だ。

「やめたまえ」

「根絶やしにしてくれる」

「イジオット内の戦争で根絶やしは無理だ。敵を作るだけだからやめたまえ」

「お前を狙われて黙っているわけにはいかない」

ウラジーミルは独り言のように言ってから、被弾したピアノの前に立っている金髪碧眼《へきがん》の美青年に視線を流した。

「ミハイル、ヤーコフをやれ」

ウラジーミルだ。

ウラジーミルがふたりいた。

いや、ウラジーミルによく似ているが、ウラジーミルではない。ミハイルと呼ばれた美青年は軍隊式の敬礼をした。

「ウラジーミル、早計だ」

藤堂は慌ててウラジーミルの肩を叩いた。

「藤堂、止めるな」

「ヤーコフを最初にヒットしても戦争が長引くだけだ」

まとめ役がいなくなったアレクセイ派がどう出るか、統制が取れなくなってさらに危険ではないか、そちらのほうが藤堂は気がかりだ。

イワンも同じ懸念を抱いているらしく、ウラジーミルにロシア語で捲し立てた。ミハイルは神妙な面持ちで立ち止まる。

「ウラジーミル、攻撃の前にすることがある」

藤堂はウラジーミルの腕を摑《つか》んだ。

「お前に謝罪はしない」

傲岸不遜《ごうがんふそん》な帝王に詫びてもらいたいとは思っていない。

「謝罪はいらない。ただ、どうしてここがアレクセイ派に占拠されたのか、原因を究明してほしい」

「裏切り者だ」

ウラジーミルはなんでもないことのように内通者の存在を示唆した。

「裏切り者は誰だ?」

「すぐにわかる」

「裏切り者が判明しないうちに攻撃しても無駄だ」

内通者が不明のまま動いても、敵方に情報は筒抜けだ。一歩間違えれば、返り討ちに遭《あ》うだけではすまない。

「お前は甘い」

「君は血を流しすぎる」

藤堂が暗い目で言い返した時、使用人が氷嚢《ひょうのう》を差しだした。オリガに殴られて腫れた頰を冷やすためのものだろう。

むんずっ、とウラジーミルが大きな手で氷嚢を摑んだ。

「藤堂、痛むか？」

ウラジーミルが氷嚢で藤堂の腫れた頰を冷やす。

「痛みはない」

スッ、と藤堂はウラジーミルの手に自分の手を重ねた。とりあえず、ウラジーミルを鎮めなければならない。

「オリガにやられたのか？」

ウラジーミルは藤堂に暴力を振るった相手に気づいたらしい。せっかく鎮まりかけていた吹雪が再び。

「聖母マリアだ」

蒼天《そうてん》が頭上に落ちようとも、実母を手にかけてはならない。藤堂はウラジーミルの激しすぎる想《おも》いが恐ろしくなった。

「オリガは狂った」

ウラジーミルの実母に対する言葉には容赦がない。傍らのイワンやミハイル、マクシムも青い顔で聞き耳を立てている。

「聖母マリアに敵意を向けるな」

「オリガは聖母マリアじゃない」

「息子を失っておかしくならない母親はいない」

「オリガはイジオットのトップの妻だ」

オリガはイジオットがロシアン・マフィアだと忘れている。ウラジーミルは鋭い目で実母を非難した。

話を変えたほうがいい。

「ウラジーミル、喉が渇いた。一緒にワインでも飲まないか」

藤堂のワイン嗜好《しこう》を考慮したらしく、ワインセラーには最高級のワインがストックされている。特にブルゴーニュ産とボルドー産のワインの品揃《しなぞろ》えは見事だ。

「飲むならウオッカだ」

「俺はワインがいい」

藤堂とウラジーミルのやりとりを聞き、マクシムは奥の部屋にワインとウオッカの用意をさせた。

血の臭いがする部屋から出たほうがいい。

藤堂はさりげなくウラジーミルの腕を摑み直すと、奥の部屋に進んだ。ミハイルがマシンガンを手に続く。

これでいい。

ウオッカを飲み続けたら鎮まる。

藤堂が心の中でほっと一息ついたのも束の間。

いきなり、ウラジーミルは冷徹な声でミハイルに命令した。

「ミハイル、何をしている。ヤーコフをやれ」

ミハイルは軍隊式の敬礼をするや否や、数名の部下とともに退出する。藤堂が止める間もない。

まさに、突風の如く。

「スタニスラフ、アレクセイ派のアジトを一気に叩け」

ウラジーミルは神経質そうな美青年に命令した。イワンが慌てて止めようとしたが、ウラジーミルは下した命令を翻さない。

かくして、ウラジーミル派とアレクセイ派の全面戦争の火蓋《ひぶた》が切って落とされた。もはや、アレクセイ本人はいないというのに。

「ウラジーミル、早計だ」

藤堂はワイングラスを手に溜め息《ためいき》をついた。

「藤堂の命を狙った。見逃すわけにはいかない」

ウラジーミルは腹立たしそうに言ってから、藤堂のほっそりとした腰を力任せに抱き寄せた。

「俺は無事だった」

「次はわからない」

「裏切り者さえ炙《あぶ》りだせばそれですむ」

すでに内通者がアレクセイ派の各アジトに連絡しているだろう。ミハイルやスタニスラフといった突撃隊は、マシンガンの出迎えを受けるかもしれない。

「お前は甘い」

ウラジーミルの藤堂に対する評価は以前から変わらない。

「確かに、俺は甘いがこうやって生き延びている」

「俺が守ってやったから生き延びている」

誰も頼んでいない、という反論を藤堂は深淵《しんえん》に沈めた。もし、一言でも漏らせば、この場で身体を開かされるだろう。武器を携えた部下たちが詰めているにも拘《かかわ》らず。

「そうしておこうか」

「俺が守った命だ。俺のもの」

俺のものは俺のもの、他人のものも俺のもの、一度手に入れたら俺のもの、というロシアを揶揄《やゆ》した欧州のジョークを思いだした。

「ウラジーミル、手負いの獣ほど始末の悪いものはない」

「叩き潰すまで」

ウラジーミルは不敵に微笑《ほほえ》んだが、そこはかとない焦燥感があった。おそらく、初めての愛人を狙われたショックだ。

藤堂はなんとも複雑な気分でいっぱいになる。

ただもはや、ウラジーミルによる総攻撃指令を止められないことはわかっていた。全面戦争で夥《おびただ》しい血が流れることも。

4

案の定、内通者が攻撃情報を漏らし、ミハイルが率いた精鋭たちはマシンガン隊に出迎えられたという。

それでも、ウラジーミル派の精鋭は撃破した。

「ヤーコフ、始末しました」

ミハイルは淡々と勝利の報告をした。

「ミハイル、ご苦労」

「はっ」

ウラジーミルはその場で次の突撃命令を下す。

ミハイルはロマノフ王朝時代の軍人のように敬礼をした。もうそんな時代ではないのに、やけにマッチしている。

「ウラジーミル、ミハイルは親戚《しんせき》か？」

ミハイルは容姿だけでなく声もウラジーミルによく似ている。他人の空似とは思えず、藤堂《とうどう》はミハイルについて尋ねた。

「父方の祖母の遠縁に当たる」

「納得した」

「そんなに俺と似ているか？」

ミハイルはウラジーミルほど暗い目をしていないし、凄絶《せいぜつ》な迫力も醸しだしてはいない。ウラジーミルを少しソフトにすれば、ミハイルになるのかもしれない。

「ああ」

「アレクセイは俺とミハイルを間違えた」

「弟が見間違えるほど似ているのか」

俺の目の錯覚じゃなかった、と藤堂は傍らの冬将軍を眺める。

「マクシムも間違えた」

「マクシムまで間違えたのか」

「セルゲイも間違えた」

「セルゲイまで間違えたのか？　セルゲイもウラジーミルによく似ているのに？」

藤堂が驚愕《きょうがく》で目を瞠《みは》った時、スタニスラフから報告が入った。モスクワやサンクトペテルブルク、ノヴゴロドやウラジオストク、ヴォルゴグラードなど、アレクセイ派のアジトをすべて壊滅させたという。

ウラジーミルは帝王然とした態度でスタニスラフを労《ねぎら》った。

背後で控えていたイワンやマクシムもそれぞれロシア語で称《たた》える。

もっとも、ウラジーミルはスタニスラフに新たな攻撃命令を出す。

ウクライナのキエフとヤルタにあるアレクセイ派のアジトの責任者から、ウラジーミルに対して忠誠の誓いが届けられた。イワンとマクシムは満足そうに頷《うなず》く。

これでキエフとヤルタのアジトを攻撃する必要はない。血を流さずにすむ。

それなのに、ウラジーミルはキエフとヤルタのアジトにも攻撃させる。藤堂がどんなに止めても聞き入れない。

「ウラジーミル、降伏したら許せ」

「降伏は態度だけだ」

「それはそうかもしれないが」

おそらく、降伏は態度だけだろう。それならそれで手の打ちようがある。

「禍根を断つ」

ウラジーミルが藤堂を抱きながら空けたウオッカは七本。

八本目を飲み始めた頃、アレクセイ派のアジトをすべて制圧した。ロシアのみならず各国にあったアレクセイのアジトはない。

だが、ウラジーミルは攻撃の手を緩めない。

ミハイルに向かって新たな命令を下そうとした。

「タチアナの始末……」

こともあろうに、ウラジーミルはアレクセイの妻まで葬ろうとしている。藤堂は真っ青な顔で、ウラジーミルの口を手で塞《ふさ》いだ。

「ウラジーミル、アレクセイ夫人と愛人と遺児には手を出すな」

藤堂はウラジーミルの口を手で塞いだまま、モニターの向こう側にいるミハイルに英語で言った。

「ミハイル、ご苦労だった。休みなさい」

ミハイルはシニカルに口元を緩めるだけだ。藤堂にはなんの言葉も返さない。ウラジーミルの後ろで待機していたイワンが口を挟んだ。

コサック色の強いイワンも、藤堂と同じ考えを持っている。女性や幼い子供まで手にかけることには反対だ。

「女子供でもお前に殺し屋を送り込むことはできる」

ウラジーミルの唯一の懸念は藤堂だ。

「アレクセイ夫人と愛人と遺児に手を出したら、俺にも考えがある」

いずれ自分が狙《ねら》われるとわかっていても、藤堂はアレクセイの妻や愛人、遺児を助けたかった。

「俺に逆らうな」

「逆らわせたくなければ、アレクセイ夫人と愛人と遺児に手を出すな」

「いつか、お前を狙う」

叩《たた》き潰《つぶ》すなら今だ、とウラジーミルは冷酷無比な冬将軍の顔で言い放った。修羅の世界で勝ち続けた男の鉄則だ。

「殺し屋ならば対処できる」

「甘い」

「甘いのは君のほうだ。アレクセイの女子供を手にかけたら、イジオット中を敵に回すことになるだろう」

それこそ、怒髪天を衝《つ》いたオリガが、ボスを動かすかもしれない。たとえ、ウラジーミルを消しても、ボスにはまだ三男坊が残っている。後継者のストックはあるのだ。

「潮時だ」

ウラジーミルが意を決したように呟《つぶや》いた時、イジオットの本部から緊急連絡が入った。イワンやマクシム、部下たちに緊張が走る。

大きなモニター画面にはボスの右腕とも言うべきパーベルが現れた。

『ウラジーミル、相変わらず、藤堂と仲がいいようだね』

パーベルは何事もなかったかのようにのんびりと切りだす。ウラジーミルもいつもの調子で応えた。

「パーベル、用件を聞く」

『アレクセイ派のあちこちのアジトが襲撃された。皆殺しだ』

当然といえば当然かもしれないが、パーベルはイジオットの内紛に気づいている。藤堂は冷静に大幹部を観察した。

気づいている。

気づいているな、と。

「アレクセイ派の内紛だろう。ヤーコフと若手で揉《も》めていた」

ウラジーミルが冷淡な表情で真っ赤な嘘《うそ》をついた。

白々しいにもほどがある、そんな嘘が通用するわけない、と藤堂は呆《あき》れるが決して態度には出さない。

イワンやマクシムは苦しそうに俯《うつむ》いている。ほかの兵士たちにしてもそうだ。

けれども、パーベルは温和な顔でコクリと頷いた。

『ウラジーミルもそう思うかい？』

「内紛じゃなきゃペトロパヴロフスクだ」

『ひょっとしたら、性懲りもなく、トルコ系のマフィアかもしれないな』

「そうだな」

『アレクセイ派は全滅だ。手を貸しておくれ』

「わかった」

ああ、そういうことか、と藤堂はパーベルの目的がわかった。

パーベルはすべてに気づいていながらウラジーミルを詰問しない。ボスと同じように敗者にはまったく興味がないのだ。アレクセイが死んだ時点で残党に対する気持ちも失《う》せていたのだろう。ただ、これ以上、内部戦争を継続させないため、ウラジーミルを止めようとしているのだ。

モニター画面からパーベルが消えた。

その途端、プツンッ、と緊張の糸が切れたようだ。イワンやマクシム、居並ぶ兵士たちから大きな息が漏れる。

「ウラジーミル、アレクセイ派は全滅、これでカタがついた。藤堂と一緒に演奏会にでも行ってくれ」

イワンがごつい手で差しだしたものは、演奏会のパンフレットやチケットだ。ウラジーミルは軽く首を振る。

「油断するな。まだ一波乱ある」

「タチアナか？」

「ああ、あの女は黙っていない」

ウラジーミルが馬鹿《ばか》にしたようにふっ、と鼻で笑った時、イジオットの本拠地にいるオリガから呼びだしが入った。

「オリガ？」

ウラジーミルは実母からのコールに氷の美貌《びぼう》を歪《ゆが》めた。

やっぱり出てきたか、と藤堂の瞼《まぶた》に怒髪天を衝いた実母が浮かぶ。おそらく、オリガはアレクセイ派の全滅を聞いたはずだ。

「至急、ネステロフ城に来るように、とオリガ様のお言いつけです」

マクシムは苦虫を嚙《か》み潰《つぶ》したような顔でウラジーミルに伝える。

「大事なアポイントメントがある。無理だ」

「そのようにお伝えします」

マクシムは下がった。

が、一分も経《た》たないうちに戻ってきた。

「ボスがお呼びです」

「ボス？」

「オリガ様に平手打ちを食らったらしく、ボスの頰《ほお》が真っ赤に腫《は》れていました。猫に引っかかれたような爪痕《つめあと》もくっきり」

どこでも嫁が強いのは同じか。マクシムは頰をヒクヒク引《ひ》き攣《つ》らせ、ウラジーミルに告げる。

「だらしない」

「ボスの命令は無視しないでください」

「藤堂を置いていけない」

ウラジーミルは自分が不在時の警備態勢に不安を抱いている。任せろ、とばかりにマクシムは自分の胸を叩いた。

「必ず、藤堂は守る」

マクシムの目に偽りはないが、肝心の腕に問題があった。それは藤堂もきちんと把握している。

「もう少し射撃のスコアを上げてから言え」

「ナイフは得意だ」

ウラジーミルはマクシムの反論に耳を貸さなかった。

「ミハイルを呼べ。藤堂を守らせろ」

「ミハイルをここに置いていったらウラジーミルが危ない」

マクシムの至極当然な懸念に、ウラジーミルは冷酷な迫力を漲《みなぎ》らせた。

「俺を誰だと思っている?」

「……あ、失礼しました。冬将軍」

「藤堂、何があっても変なことはするな」

二度と自分を犠牲にしようなんて思うな、とウラジーミルは険しい顔つきで続ける。背後にはツンドラブリザード。

「わかった」

藤堂は温和な笑みで答えたが、ウラジーミルの周りのツンドラブリザードはさらにひどくなる。

「わかっている」

「勝手なことはするな」

「おい」

キスしろ、とウラジーミルがダイヤモンドのような目で命令する。

藤堂が優しいキスをすると、ウラジーミルは渋々といった調子で出ていく。入れ違いのように、どこにいたのか不明だが、ミハイルが風のように現れた。

「藤堂、ミハイルはウラジーミルの部下の中で一番強い。ミハイルが率いる部隊も一番強いんだ。心配しないでください」

マクシムに言われるまでもなく、ミハイルの実力がほかの部下たちと一線を画していることには気づいていた。

ウラジーミルの兵隊も伊達《だて》じゃない。

こんなに力のある男を部下として仕えさせているのか。

まず、俺ならば無理だ。

藤堂が密《ひそ》かに感心していると、お抱えのシェフがフライ返しを手に大股《おおまた》でやってきた。ロシア語で何やら言っている。

おそらく、食事をしろ、とマクシムやミハイルを急《せ》き立《た》てているのだろう。お抱えのシェフに人質になったダメージは残ってないようだ。

ミハイルは控えていた部下を連れ、隣の広々とした部屋に移った。ビーツを使った赤いサラダやきのこのピクルス、ペリメニというシベリア風水餃子《すいぎょうざ》など、黒檀《こくたん》のテーブルにはロシア料理が並べられている。

藤堂も着席を促される。目の前にサリャンカというレモンとオリーブの実が入った具だくさんのスープが運ばれてきた。

食欲はないが、食べられないわけではない。

サリャンカを口にした。

酸味がきいていて美味《おい》しい。

ミハイルやマクシム、ほかの屈強な兵隊たちは、物凄《ものすご》い勢いでテーブルに並んだロシア料理を食べる。特にきのこクリームやチーズを載せた皮付きのジャガイモを食べるスピードがすごい。

「藤堂、日本食がいい?」

ヤキトリ、ロール、とマクシムはロシアに根付いた日本料理名を口にする。一言でも望めば、ロシア料理が得意なシェフは、独自に進化させた日本料理を用意してくれるだろう。

もちろん、それだけは断固として阻止せねばならない。藤堂はすべてを包み込むような笑顔を浮かべた。

「ロシアにいるのだからロシア料理を堪能《たんのう》したい。ガルショーク・ス・グリバーミも美味しそうだ」

実際、お抱えシェフが作るロシア料理は美味だ。ガルショーク・ス・グリバーミというきのこの壺《つぼ》焼《や》きは、パイでできた蓋《ふた》を取った途端、熱々の湯気が立ち、濃厚なきのこのクリームの匂《にお》いが鼻をくすぐる。

パイにきのこの入ったクリームをつけて食べた。文句なしに美味しい。チョコ寿司《ずし》やチョコ丼《どんぶり》など、奇っ怪な日本食を食べるよりいい。

「じゃあ、軍服を着たジャガイモを食べてよ。美味しいよ」

マクシムのお勧めはチーズやイクラを載せた皮付きのジャガイモだ。

「軍服を着たジャガイモ？」

「皮付きのジャガイモをロシアでは軍服を着たジャガイモって言うんだ」

藤堂はロシアらしいネーミングに納得してしまう。

「なるほど」

「ウラジーミルも好きだ」

学生時代は一緒にファストフード店で食べたよ、とマクシムは過ぎし日のウラジーミルについて語った。隣にいるミハイルも同意するように相槌《あいづち》を打つ。

「ウラジーミルも？」

意表を突かれ、藤堂は大きく目を瞠った。

「どうしてそんな意外な顔をするの？」

「ウラジーミルに好き嫌いはないようだが、ジャガイモが好きだとは思わなかった」

ウラジーミルが好きなものはウオッカだとばかり思っていた。もっと言えば、ウオッカだけだと思っていた。常にウオッカの瓶を手にしているイメージがある。

「藤堂、ウラジーミルの愛人ならちゃんとわかってください。ウラジーミルの主食はウオッカじゃない」

マクシムのセリフから本心が伝わってくる。

「……ああ、やっぱり、マクシムもウラジーミルの主食はウオッカだと思うのか？」

「藤堂が愛人になってからウオッカの量が減った。よかった」

「あれで減ったのか？」

藤堂から見れば、ウラジーミルは朝から浴びるように飲んでいる。忠告する者は誰もいない。ほかの側近にしろ、隙《すき》があればウオッカを飲んでいるからだ。

「うん。藤堂、もっとウラジーミルを愛してあげて。もう少しウオッカの量を減らしてあげて」

　マクシムはウオッカも好きだが、ワインやビールも飲む。ウラジーミルのようなウオッカ一辺倒ではない。

「俺には無理だ」

「藤堂しかできない」

「無理だ」

「日本人の『無理』や『できない』を信用するな、ってアメリカの武器商人から聞いた。頼んだよ」

　食後は紅茶とスメタナをふんだんに使ったスメタークというケーキがホールで運ばれてくる。

　マクシムやミハイル、ほかの兵隊たちは、ヴァレーニエという果実を潰さずに煮たジャムのようなものを食べつつ、アールグレイ紅茶を飲んだ。大きめにカットされたスメターニクもペロリと平らげる。

　藤堂はデザートを辞退した。

「藤堂はどうしてそれだけしか食べない？」

　マクシムに注意され、藤堂は苦笑を漏らした。

「やっぱり、次は日本料理を作ってもらおう。天麩羅《てんぷら》がいい。藤堂も天麩羅ならちゃんと食べられるよね？」

ロシアにおける天麩羅は藤堂の許容範囲を超えている。藤堂はアールグレイ紅茶を飲み干してから、マクシムが考える天麩羅について尋ねた。

「どんな天麩羅だ？」

さしあたって、天麩羅の具はえびではない。豊富なきのこでもないし、ジャガイモでもない。

「モスクワで食べたパパイア寿司の天麩羅は美味しかった。チョコおにぎりの天麩羅もよかったよ」

なぜ寿司のネタがパパイアでさらに天麩羅にするのか、なぜおにぎりの具がチョコでさらに天麩羅にするのか、藤堂はどんなに頭を働かせても理解できない。

「せっかくのロシアだ。次はビーフストロガノフがいい」

「……あ、シェフの作るビーフストロガノフは大好き」

藤堂がマクシムとお抱えシェフが作るロシア料理話に花を咲かせていると、ミハイルが冷淡な態度で初めて口を挟んだ。

「藤堂、ロシア版の日本料理が嫌いならはっきり言ったほうがいい」

「俺は充分だ」

せっかく咲かせたロシア料理談義に、ナパーム弾が落とされた。藤堂はそんな気がしてならない。

ミハイルは背格好だけでなく、傲岸不遜《ごうがんふそん》なところもウラジーミルによく似ている。

いや、あのウラジーミルでさえ、自分が子供の頃から厨房《ちゅうぼう》に立っていたシェフを慮《おもんぱか》り、藤堂の内心に気づいていていながら流した。

「……君、ミハイル？」

「日本のビジネスマンがモスクワで日本料理店に入って血相を変えた」

どうやら、ミハイルはロシアに根付いた日本料理の真実を知っているらしい。

「たぶん、君たちが日本のロシア料理店に入ったら血相を変える」

「そうか？」

「日本のピロシキは揚げている。揚げパンの感覚だ」

藤堂が日本に普及したピロシキに言及した時、なんとも形容しがたい凶悪な睡魔に襲われた。

おかしい。

まだそんな時間ではない。

美味しいロシア料理を堪能したから眠くなったのか。

藤堂は二杯目の紅茶を飲んだ。

マクシムやミハイルも睡魔に襲われているのか、二杯目の紅茶を飲み干し、三杯目をオーダーしている。

ガタッ、という物音とともにマクシムが椅子《いす》から滑り落ちた。

「マクシム?」

ミハイルが慌てて駆け寄るが、すでにマクシムは寝息を立てている。

ガタンッ、バタッ、屈強な兵士たちが次から次へと黒檀のテーブルに突っ伏した。一番若い兵士はケーキ皿に顔を突っ込んでいる。

一瞬にして、鼾《いびき》のシンフォニー。

「……おかしい」

藤堂も起きていられず、椅子から摺《ず》り落ちそうになった。

が、すんでのところでミハイルに支えられる。

「……藤堂、やられた」

ミハイルが悔しそうに呟いた時、繊細な細工が施された入り口にお抱えシェフと見習いが現れた。どちらも地獄を潜《くぐ》り抜《ぬ》けてきたような顔をしている。

そういうことか。

そうだったのか。

あなたたちか。

それだけで藤堂は察した。

ウラジーミルに信頼されていたお抱えのシェフが、誰かの命令で料理に一服盛ったのだろう。裏切り者はシェフだったのか。

「……シェフ、何を盛った？」

藤堂は薄れていく意識の中、力を振り絞って尋ねる。もっとも、英語だからシェフには通じない。

グサリッ。

ミハイルがナイフを自分の腕に突き刺した。痛みで意識を保ち、シェフに向かって斬《き》りつける。

プシューッ。

お抱えのシェフの頸動脈《けいどうみゃく》から血飛沫《ちしぶき》が上がる。

プシューーッ。

見習いの頸動脈からも夥《おびただ》しい血飛沫が上がる。

ミハイルは返り血を浴びつつ、バルコニーから飛び込んできた庭師の眉間《みけん》をピストルで撃ち抜く。

「……うう っ」

庭師はマシンガンを構えたまま、その場に崩れ落ちた。

異変を聞きつけたらしく、使用人頭が血相を変えて飛び込んできた。絶命したシェフや見習い、庭師を見て、使用人頭は言葉に詰まる。

それでも、慌てて藤堂に近づいてきた。

「大丈夫ですか?」

使用人頭は心配そうに藤堂を支えるように抱き、そのまま隣の部屋に移動させようとした。

「……っ」

藤堂はすんでのところで踏み留まる。

使用人頭はいつもとなんら変わりがない。……変わりがないように見えるが、シェフや見習いの死体を見た反応に違和感を覚えた。

おかしい。

何も知らなかった一般人の反応じゃない。

使用人頭も裏切り者か。

使用人頭こそが裏切り者のトップか。

ウラジーミルは信用して館の管理を任せていた使用人頭にまで裏切られたのか。

いやでも裏切られ続けた自分とウラジーミルが重なる。藤堂は渾身《こんしん》の力を振り絞り、使用人頭の腕から離れた。

「藤堂、一番細いあなたが意識を保っているとは……さすが、サムライです。おとなしくしてください」

使用人頭は悲痛な面持ちで宥《なだ》めるように言った。ロシア語訛《なま》りのたどたどしい英語だ。

「……っ……君の目的を聞こう」

「ほんの少しの間、眠っていてくだされぱいい。おとなしくしてくれたら、手荒な真似《まね》はしません。その綺麗《きれい》な顔にも身体にも傷はつけない」

ドサッ、とミハイルはとうとう睡魔に負けて、バルコニーの前で倒れた。辛《かろ》うじて、意識を保っているのは藤堂だけだ。

食べたロシア料理の量の差だろうか。

「……お、俺はウラジーミルに対する人質か？」

人質でなければ生かしておく必要はない。おそらく、黒檀のテーブルに並んだロシア料理には毒物が混入されていたはずだ。

「サムライの愛人のためならなんでもする」

あんなウラジーミル様を初めて見た、と使用人頭は楽しそうに続けた。

「……き、君はなんのためにウラジーミルを裏切った？」

使用人頭は今までウラジーミルと藤堂が寄り添う姿を嬉《うれ》しそうに見守っていた。お抱えのシェフや見習いにしてもそうだ。

「シェフも見習いも庭師も裏切りたくて裏切ったわけではありません。すべてはウラジーミル様の無慈悲な所業が招いたことです……」

使用人頭がさらに何か言い続けたが、藤堂の視界や脳内は白い霧に覆われた。もはや何も聞こえない。

それなのに、桐嶋《きりしま》の顔が浮かんだ。何も見えない。

桐嶋が罵倒《ばとう》する声も響いてきた。

『カズ、なんでお前はそんな深みにハマッとんのや－っ。けったいな奴《やつ》の囲い者なんかになりくさって拉致《らち》られるなんてドアホのすることやで。なんでちゃっちゃと、けったいな奴に愛想を尽かされるようにせえへんかったんや。どんな手を使ってもええから、ちゃっちゃと逃げなあかん。ちゃっちゃと逃げや。一番タチ悪いのはけったいなロシアの白クマやで－っ』

藤堂に不思議なくらい危機感はなかった。

5

藤堂《とうどう》が意識を取り戻すと、見覚えのない部屋の天蓋《てんがい》付きのベッドに寝かされていた。もっとも、貴族趣味の極めつけのようなロココ調の部屋だ。基調の色は薄紅色であり、あちこちの装飾に金が使われていた。

イジオット関係の館の一室だと、藤堂でもなんとなくわかる。

「藤堂、お目覚めですか？」

使用人頭がワゴンでミネラルウォーターを注いだデカンタとブルゴーニュ産の赤ワインを運んできた。

背後にはマシンガンを構えた見知らぬ男がいる。

「ここはどこですか？」

藤堂はゆっくりと上体を起こした。手足に拘束具はつけられていない。ただ常に携帯していた拳銃《けんじゅう》は取り上げられている。

「知る必要はありません」

「拉致《らち》したのは俺ひとりですか？」

「この世で最愛の情人以外、人質にはならない。おわかりでしょう」

ウラジーミルの初めての愛人は、初めての弱点として認知されている。藤堂は秀麗な美《び》貌《ぼう》を曇らせた。

「君がいくらで魂を売ったのか、今後のためにもお聞きしたい」

藤堂がグラスを受け取ると、使用人頭は寂しそうに首を振った。

「あいにく、お金ではございません」

「ウラジーミルより大事な人から頼まれたのですか？」

「コンタクトがついたようです。お喋《しゃべ》りはここまで」

使用人頭が恭しく一歩下がった途端。

パッ、と藤堂は眩《まぶ》しい光に照らされた。

精巧なゴブラン織《おり》のタペストリーの隣には、大きなモニター画面がある。藤堂がいやというほど知っている美青年が映しだされた。

『おい、どういうことだ？』

モニター画面の中にいるウラジーミルが、高圧的な口調で話しかけた。とてもじゃないが、大切な愛人を人質に取られた者の態度ではない。

「申し訳ございません」

使用人頭は仰々しく一礼したが、男が構えているマシンガンの照準は藤堂に定められた。これ以上ない、というくらいの意思表示だ。

『藤堂を返してもらう』

モニター越しでもウラジーミルの苛立《いらだ》ちが伝わってくる。

ブルッ、とマシンガンを構えている男が下肢を震わせた。恐怖のあまり手元が狂って暴発させてしまいそうだ。

落ち着け、ウラジーミルはモニターから出てこない、と藤堂は心の中でマシンガンを構えている男に語りかけた。

「このようなお願いをするのは心苦しい限りなのですが……」

『早く、言え』

「イジオットの次期ボスの座を諦《あきら》めていただけませんか？」

使用人頭が口にした取引を、ウラジーミルはあっさり受け入れた。

『いいだろう』

少なからず藤堂も困惑したが、使用人頭は派手に狼狽《ろうばい》した。

「……あの、快諾されましたが、意味を理解してくださいましたね？」

『ああ、次期ボスの座はお前の希望通り、セルゲイに譲ってやる。これでいいだろう』

ウラジーミルは真上から叩《たた》きつけるような口調で言い放った。セルゲイ、と。末の実弟の名を。

「……セルゲイ様とはなんの関係もありません」

使用人頭の顔色が一瞬にして変わる。

藤堂は注意深く使用人頭とマシンガンを構える男を観察した。夜の帳《とばり》に包まれた窓の外にも視線を流す。

『惚《とぼ》けても無駄だ。お前の息子がセルゲイに取り立てられていることは知っている。息子に泣きつかれたな』

ウラジーミルは使用人頭が裏切った理由に気づいていた。同じイジオット内だから、親子で仕える相手が違ったり、兄弟で仕える相手が違ったり、いろいろなケースがあるのだろう。それは藤堂にも理解できる。

「ウラジーミル様はあまりにも手段が乱暴すぎでした。アレクセイ様の残されたメンバーに対する処置を見て、警戒心を抱かれても仕方がありません」

『おい、俺を馬鹿《ばか》にしているのか。ヤーコフやアレクセイ派の残党を陰で操ったのはセルゲイだろう』

バレていないと思っているのか、とウラジーミルは傲岸不遜《ごうがんふそん》な態度で嘲笑《あざわら》った。

ウラジーミルは黒幕にちゃんと気づいていたのか、と藤堂は変なところで感心してしまう。

アレクセイというトップが亡くなっているのに、ヤーコフや部下たちがウラジーミルに戦争を仕掛けることがおかしい。なんらかの確固たる後ろ盾があったからこそ対抗したのだろう、と藤堂は黒幕の存在を推測していた。

「もし、そうだとしたらどうしますか？　アレクセイ様の時と同じようにセルゲイ様に殺し屋を差し向けますか？」

『これ以上、藤堂が狙《ねら》われるのは腹が立つ』

ウラジーミルの偽らざる本心だ。

もっとも、藤堂は呆《あき》れるしかない。いったい誰のせいで狙われるのだ、と。

「ウラジーミル様が次期ボスの最有力候補である限り、無理でしょう。誰もが最愛の情人を狙う」

『そんなに次期ボスの座が欲しければセルゲイにくれてやる。その代わり、藤堂は無傷で返せ』

ウラジーミルは冷淡な調子で断言した。

藤堂は空耳かと思ったが、聞き間違いではない。向けられているマシンガンは微《かす》かに揺れていた。

「……ならば、辞退の旨、イジオット本部に入れてくださいませんか？」

『いいだろう』

「そんなに藤堂を愛しているのですか」

孤独な皇太子殿下にそこまで愛せる妃《きさき》が現れて幸いです、と使用人頭が独り言のように呟《つぶや》いた。

その時、銃声が鳴り響いた。

ズギューン。

一発の銃声とともに、藤堂に照準が定められていたマシンガンが床に落ちた。すなわち、男が倒れた。

ズギューン。

二発目の銃声で使用人頭が倒れる。

凝った窓の向こう側には、ライフルを構えたミハイルがいた。ウラジーミル配下でナンバーワンと謳《うた》われている使い手だ。

「ミハイル？」

やはりそうか、と藤堂は自分の推測が当たっていたことを確信した。あの時、ミハイルは意識を失ったふりをして、使用人頭を泳がせたのだ。

「藤堂、怖い思いをさせてすまなかった。俺の一存だ。ウラジーミルを責めるのはやめてくれ」

ミハイルはモニター画面に映る仏頂面のウラジーミルを指で差した。どうやら、ウラジーミルにとって事後承諾の作戦だったらしい。

「やはり、君は意識を失っていなかったんだな？」

マクシムをはじめとするほかの兵隊たちは眠らされていた。唯一、ミハイルの目つきは睡魔と戦い、降参してはいなかった。

薄れる意識の中でも、藤堂は見逃さなかったのだ。

「裏切り者が誰か見当はついていたけど、黒幕がはっきりしなかった」

ミハイルは事務的な口調で言った。使用人頭にしろシェフにしろ見習いにしろ庭師にしろ、それぞれ家族がセルゲイに仕えている、と。

ロシアン・マフィアでもしがらみに縛られている。ロマノフ王朝だったからこそのしがらみかもしれないが。

「セルゲイかタチアナか？　タチアナの父親や兄か？」

藤堂は裏切り者の見当はつかなかったが、黒幕は絞り込んでいた。アレクセイ派の残党ではない、と。オリガにそんな力はない、と。ボスや大幹部は高みの見物を決め込んでいる、と。

自《おの》ずと黒幕は絞られる。

「さすが、気づいていたのか？」

「タチアナなら俺を真っ先に始末するだろう。わざわざ誘拐したりしない。アレクセイが殺され、タチアナは新しい夫が必要なはずだ」

タチアナはウラジーミルに未練を残したままアレクセイに嫁いだ。そのアレクセイが殺されたのだから、狂わんばかりに嘆き悲しむだろう。

だが、そのうち落ち着く。タチアナが落ち着き、子供のいない未亡人になった己の将来を見据えたらどう出るか。

藤堂はタチアナが取る行動が容易に想像できた。薄情な女性ではなく、どちらかといえば情が深い女性だが、自身の将来に関してはシビアに考えるはずだ。何より、ウラジーミルに対する未練がぶり返すだろう。

「ウラジーミルにそんな気はない」

「タチアナでなければ、次期ボスの座に野心がある末っ子だ」

「甘ったれのセルゲイにそんな野心があるとは思わなかった」

「甘ったれの末っ子でもボスの血を受け継いでいる。ボスの座を狙う資格もある」

マクシムも末っ子のセルゲイには甘い評価を下した。だからこそ、藤堂は妙な違和感を抱いた。

三男坊は従順な甘ったれの演技をしているだけだ。

「そうだな」

藤堂とミハイルがしみじみと語り合っていると、いつの間にか、モニター画面に映しだされていたウラジーミルがいなくなっていた。

バタンッ、と扉が物凄《ものすご》い音を立てて開く。

「藤堂、帰るぞ」

ウラジーミルがイワンを筆頭に逞《たくま》しい部下たちを従え、乗り込んできた。眠そうなマクシムも続く。

「ウラジーミル、早いな」

いったいどこにいたのか、藤堂は驚愕《きょうがく》で瞬きを繰り返した。

「もっと早く乗り込みたかったが、ミハイルとイワンに止められた」

「黒幕が誰か証言させるため、殺さなくてもよかったんじゃないか?」

藤堂は血の海の中で絶命している使用人頭と見知らぬ男を差した。ミハイルはウラジーミルの狙撃《そげき》命令によって一撃で仕留めたはずだ。

「お前に手を出した奴《やつ》は許さない」

ウラジーミルは凄絶《せいぜつ》な怒りを含んだ目で言うと、藤堂の肩を抱いて歩きだした。廊下には累々と死体が転がっている。

うっ、と藤堂は低く唸《うな》った。

血の噎《む》せ返《かえ》るような臭いは強烈だ。

「ウラジーミル、セルゲイの部下たちか?」

藤堂が掠《かす》れた声で聞くと、ウラジーミルは簡潔に答えた。

「ああ」

「ひとりぐらい生きているな？」

ひとりぐらい生かしているな。

いくらなんでも皆殺しじゃないな。

藤堂は死神をスポンサーにつけたような青年を見上げた。その手は血にまみれていると いうのに神々《こうごう》しいまでに美しい。

「全員、始末した」

「ひとり残らず？」

「当然だ」

「セルゲイとの全面戦争に踏み切るのか？」

ここまで派手にやってしまったら、水面下で終わらせることは難しいだろう。藤堂は続く骨肉の争いに心が揺れた。

「反対するのか？」

「アレクセイに続いてセルゲイまで始末したら、さすがのボスも黙ってはいない。そう思わないか？」

「やらないとやられる」

ウラジーミルは生き延びるための鉄則を口にした。

「それはよく知っている」

「セルゲイはお前に手を出した。許せない」

チュッ、とウラジーミルは無事を確かめるように藤堂の唇にキスを落とす。死体の山が築かれた廊下で。

「悪いのは俺に手を出させたウラジーミル、君だ」

このままではいけない。

このままだと取り返しのつかないことになる。

藤堂の背筋に冷たいものが走った。

「裏切り者を泳がせていた俺が悪いのか？」

「俺という弱点を作ってしまった君が愚かだ」

眞鍋《まなべ》組の二代目組長夫妻の比ではない。何せ、ロシアン・マフィアに比べたら日本のヤクザは可愛《かわい》い。

「何が言いたい」

「俺という弱点をなくせ」

初めて囲った愛人を捨てろ。

飽きたから捨てた。

それがいい。

新しい愛人を何人も囲えばいい。

弱点を作るな。

十七歳の時にイジオットのトップに立つと宣言したのは誰だ。

藤堂は真摯《しんし》な目でウラジーミルを貫いた。

「お前を手放す気はない」

藤堂の痛切な気持ちはウラジーミルに届かない。

「たとえ、セルゲイをヒットしても、第二、第三のセルゲイが現れる。俺が人質として有効なら、俺が真っ先に狙われる」

「怖かったか？」

俺の前職を忘れているな、と藤堂は喉《のど》まで出かかったが、すんでのところで思い留まった。この際、怯《おび》えたふりをしたほうがいいかもしれない。

「正直に言おう。怖かった」

「お前の警備を見直す」

「どんな強固な警備を敷いても無駄だ。俺をウラジーミルの弱点にしないでくれ」

十七歳の時、誓った通り、イジオットのトップに立て。

父親を乗り越えろ。

俺への執着は過去に縛られているだけだ。

目を覚ませ。

藤堂は必死になってウラジーミルの魂に訴えかける。どうしたって、ウラジーミルは嫌えない。それどころか、自分に重なってしまうから。

「わかった」

「わかってくれたのか?」

「ああ」

「どうわかった?」

藤堂は一抹の不安により、深く尋ねてしまう。

果たして、正解だった。

「次期ボスの座を辞退する」

一瞬、聞き間違いかと思った。

藤堂は自分の耳が異常をきたしたのだと思った。

けれど、付き従うミハイルやマクシム、イワンの顔を見て、自分の聴力が正常であることを知った。

屈強な兵士たちの口は、それぞれ甲乙つけがたいくらいポカンと開いている。誰の口も閉じない。

死体につまずいて転びそうになり、ウラジーミルの腕によって支えられる。その拍子にようやく藤堂は我に返った。

「ウラジーミル、待て」

まず、ウラジーミルを止めなければならない。何がなんでも止めなければならない。

「本部に連絡する」

ウラジーミルは死体だらけの廊下を悠々と進んだ。当然のように、藤堂の肩を抱いた手の力は緩めない。

「ちょっと待て」

「なぜ、止める？」

「当たり前だ」

「俺が次期ボス候補だから、愛人のお前が狙われる。次期ボス候補を辞退すればそれでカタがつく」

次期ボスの座と藤堂和真《かずま》という東洋人を天秤《てんびん》にかけた。そして、東洋人を選んだ。ウラジーミルは己が下した決断に、迷いや未練はいっさい感じられない。

「愛人を捨てればすむ」

どうして俺を選ぶ。

愛されているのはわかっているが、俺に次期ボスに匹敵する価値はない。

藤堂はウラジーミルが地球外生命体に思えた。

「その選択肢はない」

「捨てろ」

藤堂が伏し目がちに言うと、ウラジーミルから凄絶な怒気が発せられた。

「そんなに俺から逃げたいのか?」

「冷静になれ」

「お前は俺のものだ」

ギュッ、とウラジーミルに強く抱き寄せられ、藤堂は身体《からだ》を捻《ひね》った。

「ウラジーミル、待て。次期ボスを辞退しても無駄だ」

「俺に逆らうな」

「やはり、ウオッカの飲みすぎはよくない。君の頭脳がウオッカに侵食された」

ロシアにおいて離婚も病気も事故も犯罪も、そららの原因はすべてウオッカだ。ウラジーミルの執着心もウオッカに原因があるような気がしてならない。

もっと言えば、ウオッカに責任を取ってもらいたくなる。

「お前を確認できる頭があればそれでいい」

ウラジーミルの一途《いちず》でいて激しい愛に、藤堂は目眩《めまい》を起こしかけた。

「ウラジーミル、俺がおかしくなりそうだ」

「パリにでも行くか?」

突如、ウラジーミルの口から飛びだした芸術の都に藤堂の目は丸くなる。ロシアに渡るまで一緒に過ごした街だ。

「どうしてここでパリが出る？」

「ウィーンがいいのか？」

藤堂とウラジーミルが再会したのはオーストリアの首都だ。あの再会の仕方がまずかったのだろうか。

現実逃避のように過去に思いを馳《は》せている場合ではない。

『藤堂、ウラジーミルを宥《なだ》めてくれ』

イワンやマクシム、ミハイルなど、部下たちの無言の懇願が矢となって藤堂に突き刺さった。


藤堂が監禁されそうになったロココ調の館は、イジオットの本拠地であるネステロフ城からさほど離れていなかった。

藤堂はウラジーミルとともに専用旅客機で帰る。

しかし、いつも出迎えてくれた使用人頭はいない。美しい庭園を管理していた庭師もいない。毎食、美味《おい》しいロシア料理を用意してくれたお抱えシェフもいない。もっとも、そんな悲哀に浸っている場合ではない。

「ウラジーミル、考え直せ」

藤堂はウラジーミルを説得する使命を帯びていた。

「もう決めた」

ウラジーミルが一度言いだしたら聞かないことも知っている。それゆえ、イワンやマクシム、ミハイルは揃《そろ》いも揃って顔面蒼白《そうはく》だ。

「待ちたまえ」

「ボスに報告する」

ウラジーミルがモニター室に入る寸前、藤堂は覚悟を決めて引き留めた。

「ボスに報告する前に君はしたいことがあるのではないか？」

藤堂は艶《つや》っぽく微笑《ほほえ》むと、ウラジーミルの首に左右の腕を絡ませた。この際、どんな手を使ってでも宥める。

「俺がしたいこと？」

「ああ」

「抱きたい」

ウラジーミルの要望はただひとつ。

「好きにしていい」

チュ、と藤堂は軽くウラジーミルの顎先《あごさき》を嚙《か》んだ。そして、そのままウラジーミルを寝室に導く。

「どうしてそんなに反対するのかわからない」

「当たり前だ」

藤堂が溜《た》め息《いき》をつくや否や、天蓋付きのベッドに押し倒された。すぐにウラジーミルが体重を乗せてくる。

ギシッ、とベッドが静かに軋《きし》んだ。

「お前を危険に晒《さら》さなくてもすむ」

「俺を捨て……」

藤堂の切実な言葉はウラジーミルの唇で遮られる。恋情ではなく怒気が込められたディープキスだ。

気が遠くなる。

が、意識は手放さない。

息苦しいディープキスから解放された時、藤堂の涼やかな目は潤んでいた。ほんのりと目元も朱に染まる。

「藤堂、俺は決めた」

「時期尚早」

血迷うな、と藤堂はウラジーミルのシャープな頬《ほお》を叩いた。もっとも、ベッドの中では若い男を誘う手管だ。

「俺はお前に決めた」

グイッ、と手を摑《つか》まれ、キスをされる。

「早まるな」

「お前以上に欲しいものはない」

「イジオットのトップに立つ、と宣言したのは誰だ?」

あの史上最低の日を思いだせ、と藤堂はウラジーミルの冬将軍が覚醒《かくせい》した時に触れた。父親に無能の烙印《らくいん》を押され、処分されそうになった十七歳の高校生は、固い決意をしたはずだ。

凜々《りり》しかった。

羨《うらや》ましくなるくらい雄々しかったのに。

「何度も言わせるな。お前以上に欲しいものはない」

嘘《うそ》ではない。ウラジーミルの本心だとわかる。

「俺は君が滅ぶ姿を見たくない」

ウラジーミルが権力の座を自ら辞退すれば、それまで牙《きば》を隠していた輩《やから》がどう出るかわからない。新たな敵も現れるだろう。何より、セルゲイが黙っているとは思えない。

「お前がいたら滅ぶつもりはない」

「たとえ、次期ボスの座を辞退してもウラジーミルはその存在だけで脅威だ。狙われることは変わらない」

「つべこべ言わず、俺についてこい」

ビリッ。

身につけていた白いシャツが引き裂かれ、肌を晒される。藤堂はあえてウラジーミルの乱暴な手を拒んだりはしない。

「とんだ暴君だな」

「俺に逆らうな」

キリリッ、と胸の突起に歯を立てられ、藤堂は身体を竦《すく》ませた。

「……あ」

「お前は俺のものだ」

胸の突起が噛み切られた。

……噛み切られたと思った。

そんな危機感を抱くぐらいきつく吸われ、藤堂は必死になって耐えるが、ポロリと生理的な涙を零《こぼ》した。

「……っ」

「忘れるな」

早くもウラジーミルの分身は藤堂を求めて熱くなっている。その大きな手は藤堂のズボンのベルトを引き抜き、前を開いた。

「……ウラジーミル」

「俺がお前を手放すことはない」

物凄い勢いでズボンが下着とともに摺《ず》り下《お》ろされ、ギュッ、と分身を摑まれてしまう。

藤堂は形のいい眉《まゆ》を顰《ひそ》めた。

「……っ……」

藤堂が首を振ると、分身を離してくれる。けれど、ウラジーミルの手はあらぬところに伸びてきた。

「お前は俺から離れられない」

身体の最奥にウラジーミルの長い指を感じ、藤堂は上品に整った顔を歪《ゆが》めた。意思に反し、艶混じりの吐息が漏れる。

「……ふっ」

「俺から離れたければ俺を殺せ」

「……自棄《やけ》になるな」

「事実だ」

グイッ、とウラジーミルの長い指が支配者の如《ごと》き存在感で抉《えぐ》る。女性の器官と違って濡《ぬ》れないことはわかっているだろうに。

「……待て」

「俺を煽《あお》るのが上手《うま》い」

ウラジーミルは凄絶な色気を漂わせる藤堂に目を細めた。

「何を言っている」

「惑わされたのは俺だ」

ウラジーミルの狂わんばかりの激情に、藤堂は否応《いやおう》なく翻弄《ほんろう》された。拷問にも似た甘い責め苦だ。

「……俺がウラジーミルを惑わしたのか？」

「そうだ」

「……困ったな」

いったいどうしたらいいのか。

藤堂の問いに返答はない。

ただただ若き冬将軍の一途でいて熱すぎる愛を受け止めた。それ以外、なす術がなかったから。

何度もふたつの身体をひとつに繫《つな》げた。

どこから自分の身体でどこから相手の身体なのか、まったくわからなくなった。数え切れないぐらい頂点を迎えた。すでに下肢の感覚がない。

ウラジーミルは満足したはずだ。

それでも、ウラジーミルは折れない。

どうしてこんなに頑固なんだ。

藤堂は絶世の美青年の強固な意志に参った。

黒魔術でも駆使しない限り、ウラジーミルの意志を翻すことはできない。藤堂が黒魔術を習得する前に、ウラジーミルは次期ボスの座を辞退し、セルゲイに始末されているだろう。ひょっとしたら、ほかの組織に始末されるかもしれない。ウラジーミルはあちこちで恨みを買っている。

「ウラジーミル、俺がこんなに頼んでいるのに聞いてくれないのか」

藤堂は白いシーツの波間に沈んだまま、ウラジーミルに念を押すように言った。哀愁を込めて。

「もう決めた」

「決心は変わらないか？」

「くどい」

ウラジーミルの言葉は素っ気ないが、裸体の藤堂を抱いているから機嫌はいい。なんだかんだ言いつつ、単純な男だ。……藤堂が単純な男にしてしまったのだ。

「そんなに俺が大事か？」

眞鍋の二代目は姐《あね》さんにどんなに懇願されても極道界から足を洗わないのに、と藤堂は不夜城の覇者を思い浮かべる。

ウラジーミルより眞鍋の二代目の性根のほうが闇《やみ》に染まっているのか。

「わかりきったことを言うな」

「俺を守りたいのならば、よく考えたまえ。次期ボス候補の座を辞退してもなんの意味もない」

歴史を紐解《ひもと》いてみれば、権力の座を後進に譲った途端、破滅を迎えた者は多い。現代のどの業界にも通ずる。

「セルゲイを始末してから辞退か？」

藤堂は必死になって、セルゲイに殺し屋を送り込もうとするウラジーミルを宥めた。その甲斐《かい》あってか、今のところ、セルゲイは無事だ。

「却下」

「セルゲイは始末する」

ウラジーミルに実弟に対する情は微塵《みじん》もない。

「今は控えろ」

あの眞鍋の二代目でも俺にＳＳＳ級の殺し屋を送り込まなかった、と藤堂は敵に容赦ない不夜城の覇者を瞼《まぶた》に浮かべる。

さしあたって、ウラジーミルのほうが荒っぽい。

その理由はなんとなくだが分析できる。

不夜城の覇者には血より固い絆《きずな》で結ばれた義理の父親がいる。右腕ともいうべき頼もしい舎弟に支えられている。有能な舎弟たちに命を捧《ささ》げられている。

それに引き替え、俺はどうだったか。

いや、それに引き替え、ウラジーミルはどうか。

ウラジーミルにも昔から孤独と裏切りがついて回った。おそらく、深い影を落としたはずだ。

どうしたって、ウラジーミルに自分が重なる。

裏切りの連鎖も始まるはずだ。

とうに始まっているのかもしれない。

藤堂はウラジーミルが破滅する姿を見たくなかった。尊大な皇太子を愛しているわけではないが、それでも、敗北という屈辱にまみれる姿は見たくなかった。

藤堂は脳裏でウラジーミルの人生の選択肢をひとつ増やす。

そういう人生もあるか、とウィーンを闊歩《かっぽ》するウラジーミルをイメージした。意外なくらいしっくりくる。

「セルゲイを始末しても、ボスの愛人の息子がいる。アレクセイやセルゲイより優秀だ。次期ボス候補には困らないさ」

ボスは初恋の相手である正妻を深く愛しているが、お約束のように麗しい愛人を囲っているという。ウラジーミルには異母弟が三人いるそうだ。

「ウラジーミル、話を戻す。俺の身の安全を図るなら、次期ボスの座の辞退は控えてほしい」

藤堂は甘えるようにウラジーミルの逞しい胸に顔を載せた。力強い心臓の鼓動が聞こえる。

「それで?」

「影武者を立て、ウラジーミルはウィーンに身を隠せ」

今も昔も、東も西も、命を狙われている権力者に影武者が存在するのは定石だ。十中八九、イジオットのボスにも影武者はいる。

「影武者?」

「影武者が次期ボス候補として過ごす。セルゲイから送り込まれた殺し屋にヒットされたら、ウラジーミル、君は晴れて自由の身だ」

影武者にはボスの長子であるウラジーミルとして死んでもらう。藤堂は冷酷なシナリオを書き上げた。

そうでもしないと、ウラジーミルに自由と安全はない。

「……なるほど、俺をこの世から抹消するのか」

シナリオの序章から説明しなくても、ウラジーミルには通じている。

「君の戦歴が華々しすぎる。辞退しても裏があるとかえって敵視されるだけだ」

実際、ウラジーミルならばイジオットから独立して、新しいマフィアを立ち上げることも可能だ。

「影武者はミハイルか」

ウラジーミルにお天気の話のようにサラリと指摘され、藤堂はシニカルな笑みを浮かべた。

「わかるか？」

ミハイルとウラジーミルの背格好はよく似ている。美容整形手術を施す必要性はない。銀色に近い金髪も同じだ。

「ミハイルに家族はいない。俺として殺されても泣く奴はいないさ」

ウラジーミルは影武者の悲惨な末路に気づいているが、反対する素振りは毛頭ない。それどころか、人選を評価している。

捨て駒《ごま》にしていいのか。

「俺が言うのもなんだが、ミハイルは信頼している部下だろう?」

今現在、ミハイルのウラジーミルに対する忠誠は疑いようがない。ミハイルがその気になれば、いくらでも寝首をかけたはずだ。

「俺が信じているのは自分だけだ」

ウラジーミルの抑揚のない一言には、なんとも形容しがたい重みがあった。若き冬将軍は自分しか信じられなくなっているのだ。正確に言えば、自分しか信じなかったから、今まで生き延びたのかもしれない。

「俺も信じていないのか?」

「お前は愛している」

ウラジーミルの表情も声音もさして変わらないが、心臓の鼓動が速くなったような気がした。

愛されているのだろう。

死神と契約した冬将軍の愛は疑いようがない。

……迷惑だが。

迷惑以外の何物でもないけれども。

「物好きな男だ」

「なぜ、お前は俺を愛さない」

ウラジーミルに咎《とが》めるような目で見据えられ、藤堂は艶然《えんぜん》と微笑んだ。

「生誕祭の時に言っただろう。君は俺を愛しているわけではない。俺が君の無様な過去を知っているからだ」

「そうやって逃げ続けるのか」

ウラジーミルの怒りを買ったのか、凄《すさ》まじい力で足を割られる。藤堂の秘部から白濁したものが滴り落ちた。

「……あ」

シーツはどちらが放ったものかわからない染みが点在している。

「いつまで逃げる」

「……ウラジーミル」

「イジオットのトップよりお前を捕まえるほうが難しい」

ウラジーミルの弱音にも似た言葉に、藤堂の心が疼《うず》いた。それ以上に敏感になっている秘部が疼く。

「哀れな男だ」

「お前がそばにいる限り、俺は哀れな男じゃない」

「だから、哀れな男なんだ」

「手放さない」

左右の足を掴むウラジーミルの力が増し、藤堂の肌に痺《しび》れにも似た快感が走った。先ほどまでの行為で敏感になりすぎているのだ。

「捨てればいいのに」

「誰が手放すか」

「俺が大事なら捨ててくれ」

たとえ無駄だとわかっていても、身を引く愛を説いてみたい。

「捨てるぐらいなら殺す」

脅しでもなければ、ロシアン・ジョークでもない。ウラジーミルの偽らざる本心だ。そういう氷の皇子だと、藤堂もよくわかっている。

「ウラジーミルらしいな」

「俺のものだ」

グイッ、と両足を胸で折り曲げられてしまう。必然的に腫《は》れた秘部がせりだし、藤堂は羞恥心《しゅうちしん》に胸を震わせた。

ドロリ。

体内に残っていたウラジーミルの落とし物が滴り落ちる。

「……ウラジーミル」

いつしか、ウラジーミルの持ち物は熱を持ち、雄々しく反り立っていた。恐怖さえ覚える大きさだ。

「お前の言う通り、セルゲイは始末しない。ミハイルを影武者にして俺という存在をこの世から抹消する」

その代わり、とウラジーミルは膨張した分身で藤堂の秘部を突いた。

「……う」

「生涯、お前は俺のものだ」

ツンツン、と煽るように固くなった分身で突かれ、藤堂の理性がどこかに飛びそうになるが、すんでのところで留まった。

「……っ」

「交渉成立、でいいな？」

一方的な交渉が成立したような気がしないでもない。けれども、ここで反論しては元も子もなくなる。

「……ああ」

鼻にかかった自分の声に困惑するが、どうすることもできない。藤堂は潤んだ目で暴君を見つめる。

「生涯、俺だけのものだ」

「わかった」

「覚悟しろ」

「ウラジーミル、君こそ、確認するが、イジオットのボスの座に未練はないのか？」

イジオットは単なるマフィアではない。麻薬、売春、誘拐、詐欺、恐喝、人身売買、臓器売買、殺人請負などの犯罪といった裏稼業から、金融業や不動産業やエネルギー関係の利権などまで、イジオットはリスクとリターンを的確に分析し、動乱の時代をしたたかに生き抜いた。地下経済を主導しているだけでなく、ひとつの大企業として表経済も巧みに先導しているのだ。その富と権力は計りしれない。

「お前がいればいい」

ロマノフ王朝末裔《まつえい》の皇子に迷いはない。

「俺にそんな価値があるのか？」

「ああ」

「俺はもう三十だ」

少年時代からどういうわけか同性から秋波を送られたが、すでに三十歳に手が届く。もう若くはない。

「グダグダ煩《うるさ》い」

これ以上、大きくならないと思っていたウラジーミルの分身がさらに膨張した。

「……煩い？」

「俺の気持ちは変わらない」

もう下肢の感覚がなくなっているのに、ウラジーミルに激しく求められる。藤堂は拒むこともせずに受け入れた。

6

ウラジーミルの性格が性格だけに一抹の不安を抱く。

藤堂《とうどう》がミハイルに直《じか》に交渉することになった。イワンやマクシムといった側近たちも神妙な面持ちで同席する。

ウラジーミルは天蓋《てんがい》付きのベッドで待機だ。

「影武者？」

ミハイルはだいぶ驚いたらしく、ダイヤモンドのような目を大きく揺らした。ウラジーミルと違って表情がある。

「ミハイル、どうか引き受けてほしい」

「自分が役に立つなら異論はありません」

「当分の間、ミハイルはウラジーミルとして行動してほしい。ウラジーミルが勝手にボスに後継者辞退のお願いをしないように」

藤堂がもっともらしい理由を告げると、ミハイルは納得したように頷《うなず》いた。

「……ああ、そういうことですか」

ウラジーミルがイジオット本部に乗り込み、後継者辞退を申し出たら一巻の終わりだ。

ウラジーミル派のミハイルにしても今後に関わる。

「ウラジーミルの後継者辞退の決意は固い」

「昔から一度決めたら変えない」

「今回ばかりは変えてもらわなければならない。そのためには時間が必要だ」

「自分もそう思います」

「セルゲイに殺し屋を送るのも控えたい。しばらくの間、セルゲイの動向を見たほうがいい」

藤堂は影武者の重要性をミハイルに説いた。傍らで聞いているイワンやマクシムも賛同してくれる。

「わかりました」

「ミハイル、今から君がウラジーミルだ」

「はい」

「ウラジーミルはもっと傲岸不遜《ごうがんふそん》で高圧的だ」

藤堂によるミハイルの影武者教育が始まった。

まず、腕のいい美容師にミハイルの髪をカットさせる。ウラジーミルの衣服を着せ、靴を履かせれば瓜二《うりふた》つだ。

けれども、喋《しゃべ》り方や仕草が違う。歩幅や手の振り方も違う。ちょっとした間合いも違う。人を見る目つきも違う。

「ミハイル、ウオッカの瓶の持ち方が違う」

ウラジーミルとミハイルでは、ウオッカの飲み方や飲むスピードが微妙に異なる。ナイフとフォークの使い方も同じではない。

「ミハイル、肩の抱き方が違う」

ミハイルはウラジーミルより藤堂の肩を抱く手が優しい。

「ウラジーミルが見たら殺されそうだ」

「ミハイル、今は君がウラジーミルだ」

「じゃあ、キスしていいか」

ミハイルの唇が近づき、さすがに藤堂は戸惑う。

「ウラジーミルが怒るからやめたまえ」

藤堂が真顔で拒むと、ミハイルは喉《のど》の奥だけで笑った。その笑い方はウラジーミルそのものだ。

「藤堂に触れられるだけでも役得」

ミハイルは楽しそうに藤堂の肩をたぐり寄せる。

「嫌悪感はないのか?」

ロシアでは同性愛に対する偏見や差別が凄《すさ》まじい。同性愛者が惨殺される事件も勃発《ぼっぱつ》していた。

「全然」

「それは幸い」

「藤堂は綺麗《きれい》だ」

お世辞ではなく、ミハイルは本当にそう思っているらしい。藤堂の端整な容姿に見惚《みと》れている。

「ウラジーミルはそんな言葉は口にしない」

「藤堂は俺のすべてだ」

「ウラジーミルはそんな言葉は口にしない」

「藤堂は俺の太陽だ。生涯、俺を日の光で照らしてくれ」

どうやら、ミハイルは情熱的で快活な性格らしく、次から次へと愛のセリフが飛びだす。藤堂は苦笑を漏らすしかない。

「ウラジーミルはそんな言葉は口にしない」

「藤堂はそれでいいのか？」

「ウラジーミルの愛の言葉は核弾頭に匹敵する。聞きたいとは思わない」

ウラジーミルの愛の言葉は、凄絶《せいぜつ》な独占欲の塊だ。できるならば、耳にしたくなかった。

「藤堂のイメージが変わった」

「俺にどんなイメージを持っていた?」

「サムライの美少年」

サムライの美少年、という形容に藤堂はのけぞりそうになったが、あえてそれには突っ込まなかった。体格のいいロシア人の中に入ると、自分が儚《はかな》く見えることは知っている。実年齢よりだいぶ若く見えることも。

「そのイメージは払拭《ふっしょく》したい。ウラジーミルは俺をサムライの美少年だと思っていない」

「俺のもの、と思っていいんですね?」

ミハイルはウラジーミルの藤堂に対する思いを知っていた。常々、ウラジーミルが公言していたのかもしれない。

「そうだ。もっと横柄に言いたまえ」

「藤堂は俺のものだ」

「その調子だ」

ミハイルに肩を抱かれたまま、藤堂は天井の高い廊下を進んだ。マクシムが感嘆したように手を叩《たた》く。

「ミハイル、ウラジーミルそのものだ」

ミハイルは驚異の早さでウラジーミルという男に変わっていった。シナリオを書いた藤堂でさえ驚くぐらいに。

ウラジーミル本人はコンピューター室に閉じこもり、何やら各方面にいろいろと工作している。

藤堂はじっとその時を待った。

もう後戻りはできない。


セルゲイに不審な動きはないし、殺し屋が送り込まれた形跡もない。あちらもウラジーミルの出方を見ているのだろう。全面戦争に踏み切れば、圧倒的に不利なのはセルゲイだ。何せ、長男とは抱えている兵隊の数が違う。

日本の美少女アイドルグループのロシア公演がメディアで取《と》り沙汰《ざた》された日、モスクワ会議に出席するのは、ウラジーミルではなく影武者のミハイルだ。藤堂もミハイルに付き添うことになった。

「ウラジーミル、おとなしく待っていたまえ」

藤堂は宥《なだ》めるように顰《しか》めっ面《つら》のウラジーミルにキスを落とした。

「藤堂までついていくことはない」

「パーベルから指名されたら無視できない」

　大幹部、直々の指名だ。

「無視しろ」

「ウラジーミル、わかっているだろう。もう一度、説明しなければならないのか？」

　ミハイルにイワンやマクシムが従っているより、藤堂が従っているほうが影武者だと見破られる確率が低い。

　ミハイルが誰かに狙《ねら》われたら、藤堂は庇《かば》ったりしない。

　ミハイルをウラジーミルとして暗殺させる。

　どこの誰が殺し屋を送り込むか、藤堂やウラジーミルも今のところ予測できないが、今日のモスクワ会議ではなんらかの騒動が起こるはずだ。いざという時のためにも藤堂は同行したい。

　千載一遇のチャンスを逃したくないから。

「殺し屋なら俺が手配する」

　ウラジーミルは手っ取り早く確実な手段を取ろうとしたが、藤堂は断固として反対した。

「それは許さない」

「どうして」

「いくらなんでもミハイルが哀れだ」

藤堂が伏し目がちに言うと、ウラジーミルは怪訝《けげん》な顔をした。

「なぜ」

「ミハイルが影武者を引き受けたのは、ウラジーミル、君のためだ。その君に殺し屋を差し向けられたら……」

ミハイルを思えば、藤堂の心が痛む。

「相変わらず、甘い」

「甘いか？」

「モスクワ会議で足を掬《すく》われるな」

ウラジーミルに強く抱き締められてから、藤堂はコンピューターだらけの部屋を出た。すでに豪華絢爛《ごうかけんらん》なホールではウラジーミルに扮《ふん》したミハイルが待っている。

「藤堂、遅い」

ミハイルはウラジーミルそのものだ。

「すまない」

スッ、とミハイルの手が藤堂の肩に回った。ウラジーミルの肩の抱き方だ。歩き方も歩幅も同じ。

「藤堂、モスクワで寿司《すし》でも食べるか？」

ミハイルはウラジーミルらしき会話をしてくる。

「寿司はいい」

「ヤキトリにするか？」

日本のヤキトリはロシアでそのまま受け入れられ、定着しているが、藤堂は挑戦する気にはなれない。

「俺はロシア料理がいい」

藤堂は毎食、パンでも構わない。理解に苦しむ日本食より、ロシア料理の名店がいい。

「お気に入りはボルシチだったな？」

「ウハーだ」

藤堂が気に入ったロシアのスープは、魚や野菜をふんだんに使ったウハーだ。ウラジーミルも知っている。

「そうだったな」

ウラジーミルに肩を抱かれたまま、藤堂は専用旅客機に乗り込む。イワンやマクシム、ほかの兵士たちも続いた。

イワンとマクシム以外、ウラジーミルが影武者のミハイルであることを知らない。ミハイル配下のメンバーも気づいていないはずだ。

専用旅客機内、ミハイルは藤堂の肩を抱いたままウオッカを飲み続けた。まさしく、ウラジーミルそのものだ。

そうこうしているうちに、モスクワ会議が行われる館に到着する、ボスが実母から授けられたという城だ。

愛人という立場上、藤堂は会議自体には出席しない。マクシムと一緒に瑪瑙《めのう》があちこちに施された広間で待機だ。

「藤堂、麗しいサムライだ。女好きでもクラクラするね」

ボスの右腕であるパーベルが、いそいそと藤堂に近づいてくる。実質、彼が会議の中心人物だから、そんな暇はないはずなのに。

「パーベル、冗談を聞かせるために呼びましたか？」

大幹部のフレンドリーな態度に騙《だま》されたりはしない。わざわざ指名した理由は、ほかにあるはずだ。

「日本が欲しい」

「俺に言われても困る」

「藤堂の日本攻略作戦を聞きたい」

大幹部にとって、藤堂は日本攻略の急先鋒《きゅうせんぽう》だ。最高の捨て駒《ごま》である。

「ありません」

「藤堂は日本が欲しくないのかね。大阪《おおさか》と神戸《こうべ》に奈良《なら》もつけるよ」

生誕祭の時、パーベルから持ちかけられた日本分配は、大阪と神戸だけだった。今回は奈良という古都が増えている。

「俺には大阪も神戸も奈良も治める力がありません」

「君ほどのサムライが何を言う。ブルガーコフを壊滅させた腕も金子《かねこ》組を壊滅させた腕も……」

パーベルの言葉を遮るように、藤堂はきつめの声音で言った。

「パーベル、会議です。呼ばれていますよ」

ロマノフ王家の紋章が刻まれた扉の前、会議の進行役が悪魔のような顔で手招きしている。

「やれやれ、麗しのサムライと一緒にアイス寿司を食べながら日本について話し合いたかったのに……」

パーベルは名残惜しそうだが、藤堂は柔らかな微笑で見送った。傍らのマクシムは安堵《あんど》の息を零《こぼ》す。

会議に出席したミハイルは上手《うま》く役目を果たしているのか。

藤堂は気が気でならないが、どうすることもできない。香りのいい紅茶を飲みながら、じっと待つだけだ。

無事に会議が終わり、ミハイルがイワンとともに出てくる。その後にはセルゲイと後見人が続いた。

ミハイルとセルゲイは誓いの言葉を同時に言った。

「ロマノフのために」

ミハイルとセルゲイは固い握手をする。イワンとセルゲイの後見人も握手をする。ほかの幹部たちはしたり顔で見守っていた。

長男と三男坊が和解したのか。

セルゲイから詫《わ》びを入れたのか。

ウラジーミルだったらセルゲイの謝罪を受け入れなかったな。

今回ばかりは影武者でよかった。

そう思ったのも束《つか》の間《ま》、ミハイルに凄まじい力で抱き寄せられ、藤堂は奥に続く廊下を進んだ。セルゲイは軽い足取りでついてくるが、イワンやマクシムは止められた。

バタンッ、と扉が閉まる。

「ウラジーミル、どうした？」

ミハイル、どういうことだ、と藤堂は暴君に扮した影武者を見上げる。何かあったことは間違いない。

それは背後に立つセルゲイが如実に物語っている。

「藤堂、愛している」

ミハイルの唇が藤堂の唇に触れる。

その寸前、藤堂はキスを躱《かわ》した。

「ウラジーミル？」

藤堂は注意深く辺りを見回した。豪華な広間に隠しカメラや盗聴器は感じないが、どこで何が仕掛けられているのか、定かではない。

「誰よりも愛している」

ぎゅっ、とミハイルに力の限り抱き締められ、藤堂は息苦しくてたまらない。何より、面食らってしまう。

「ウラジーミル、こんなところでよせ」

「巡り会うのが遅かった。あいつより早く、巡り会いたかった」

すでにミハイルは影武者としての役目を放棄している。いつの間にか、素のミハイルに戻っていた。

「ウラジーミル、初めて会った時のことを覚えているか？」

藤堂が確かめるように聞くと、ミハイルは叩き込んだウラジーミルの過去ではなく、自分の過去を口にした。

「藤堂はあいつに肩を抱かれ、辛そうに歩いていた」

ミハイルが初めて見た藤堂は、ウラジーミルに肩を抱かれていた藤堂だ。当時、すでにウラジーミルが我が物顔で扱っていた。

「……どういうことだ？」

「藤堂、俺を愛してくれないか？」

ミハイルに切なそうな目で貫かれ、藤堂はぴしゃりと撥《は》ねのけた。

「やめたまえ」

「俺は藤堂を愛している。だから、藤堂のために身を引く。パリにでもウィーンにでも逃がしてやる」

何があったのか不明だが、ウラジーミルに対するミハイルの忠誠心は綺麗さっぱり消えていた。

裏切ったのか、と藤堂はミハイルとセルゲイの顔を交互に眺める。どちらも、ウラジーミルへの鬱憤《うっぷん》を募らせたようだ。

「藤堂、君の安全は保証する。任せてほしい」

セルゲイに神妙な面持ちで切りだされ、藤堂は涼やかな目を曇らせた。

「こんなところで重要な話をすべきではないと思いますが？」

「ここが一番、安全だ。ウラジーミルの目も耳もない。藤堂の本心を語ってほしい」

今のセルゲイに実母を相手にしていた時の甘さは感じられない。やはり、末っ子もボスの血を受け継ぐ息子だ。

「俺の本心ですか？」

俺の本心、と藤堂が考えた瞬間、東京にいる桐嶋《きりしま》が浮かぶ。

『カズ、何をやっとんのや～っ。寄り道もいい加減にしいや。お前がおる場所は俺の隣やで。忘れとんのか～っ』

この場にいるのが影武者ではなくウラジーミル本人だったら、間違いなく気づかれ、罵《ののし》られていただろう。

ミハイルは藤堂の心中は読み取れない。

「藤堂は望んでウラジーミルの愛人になったわけではない。逃げたがっているね？」

セルゲイは的確な情報を摑《つか》んでいた。哀れむような目で、藤堂を見つめる。

「それが？」

「藤堂をウラジーミルから解放する。それだけではない。まとまった金と安全は保証する。僕も君の後ろ盾になる」

セルゲイが出した条件が美味《おい》しすぎる。

危険だ、と藤堂の前に赤信号が点滅した。

「俺に何をさせる気ですか？」

「ウラジーミルの毒殺」

スッ、とセルゲイに小瓶を握らされた。

否、小瓶を押し返す。

「無理だ」

確かに、藤堂はウラジーミルを毒殺できる立場にある。誰よりも成功率が高いに違いない。

「……ならば、ウラジーミルに殺し屋を送る。君はウラジーミルを守らないでほしい」

セルゲイは二番目のプランを提案した。

「それで？」

「話のわかるウラジーミルと手を携え、イジオットをもり立てる。君は自由だ」

セルゲイは影武者ことミハイルの肩を同志のように叩いた。会議の最中、ふたりは話をまとめたのだろう。

「つまり、今後、ミハイルがウラジーミルとして生きる、ということですか？」

ウラジーミルを暗殺し、ミハイルがウラジーミルとして生きる。セルゲイと共闘してイジオットをもり立てる。

そういうことか。

まったくもって想定外だ。

「そうだ。実兄ながらやり方がひどすぎる。ミハイルならばあんな無体な真似《まね》はしない」

セルゲイが口惜しそうに言うと、ミハイルは同意するように相槌《あいづち》を打った。

「ウラジーミルはやりすぎだ。今回は特にひどい」

セルゲイとミハイルの共闘は成立している。今現在、付け入る隙《すき》はない。藤堂は思案顔でミハイルを見つめた。

「ミハイル、君は生涯、ウラジーミルとして生きていく覚悟があるのか？」

「覚悟があるから、セルゲイと手を組んだ。俺がウラジーミルとしてイジオットのトップに立つ」

ミハイルが意志の強い目で宣言すると、セルゲイも高らかに言い放った。

「僕が弟として、話のわかるウラジーミルを支える」

ミハイルとセルゲイ、ふたり同時に同じ言葉を向けられた。

「藤堂、これが自由になる最後のチャンスだ」

自由、という言葉に藤堂の心は大きく揺さぶられた。

ウラジーミルの執着心は生半可ではない。

今回のチャンスを逃せば、後にも先にも自由は訪れないかもしれない。

下手をしたら、この先、ウラジーミルがおかしな嫉妬心《しっとしん》を爆発させ、桐嶋を始末してしまうかもしれない。

それだけは避けたい。

何より、ここでセルゲイとミハイルの手を拒んでもプラスにはならない。差しだされた手は握っておく。

「俺の自由を保証してくれますか？」

藤堂が確認するように聞くと、セルゲイとミハイルは真剣な顔で頷いた。

「藤堂、フィンランド経由でウィーンに逃げるか？」

セルゲイの提示した逃亡先を藤堂は拒んだ。

「パリに逃げます」

「パリ？　パリのアパルトマンを用意しようか？」

「それは結構です」

藤堂は一呼吸置いてから、セルゲイを真正面から見据えた。

「ウラジーミルのヒットはいつですか？」

「ウラジーミルが君を愛していることは間違いない。最期は君の手で逝かせてやりたい。せめてもの弟の思いです」

改めて、セルゲイに毒物が入った小瓶を手渡される。

「希望は毒殺ですか？」

「方法は君に任せる」

「畏《かしこ》まりました」

交渉成立、とばかりにセルゲイが握手を求めて手を差しだしてくる。藤堂は両手で握手に応えた。

自由。

自由だ。

あの尊大な冬将軍と離れられる。

ベッドにひとりで寝ることができる。

毎晩、女のように喘《あえ》がされることもない。

そう考えただけで、足取りが軽くなるから不思議だ。藤堂はウラジーミルにがんじがらめに縛られている自分に改めて気づいた。

ウラジーミルに扮したミハイルに肩を抱かれ、藤堂は扉の向こう側に戻った。マクシムとイワンがウロウロしながら待っている。

「藤堂、何があった？」

マクシムから食い入るような目で尋ねられ、藤堂はにっこり微笑《ほほえ》んだ。

「セルゲイ、噂《うわさ》通りの甘ったれの末っ子だ」

まず、マクシムに気づかれるわけにはいかない。セルゲイに対する警戒心も解いたほうがいい。

「……ああ、セルゲイは甘ったれの末っ子だけど」

「ウラジーミルに反発したことを後悔したらしい。俺にも謝罪した」

「そうだったのか」

「ここでセルゲイの謝罪を受け入れなければ死体の山を築くだけだ」

セルゲイは甘い男ではないが、死体が好きではない。それゆえ、ウラジーミルの熾烈《しれつ》な戦い方を嫌う。

「そうだな」

本物のウラジーミルを宥めてくれ、藤堂にしかできない、とマクシムの青い目は雄弁に語っている。

藤堂は上品な微笑で請け合った。

「藤堂、疲れただろう。帰ろうか」

「ああ」

ウラジーミルの影武者とともに、ウラジーミルの本物がいる館に帰る。藤堂は新たなシナリオを書き上げた。

言うまでもなく、セルゲイから手渡された毒物は肌身離さず持っている。そうして、何食わぬ顔でコンピューター室のウラジーミルに会った。

セルゲイとミハイルと交わした言葉は一言も告げない。

7

翌日、予定通り、セルゲイがオリガを連れ、影武者のミハイルが君臨する宮殿にやってきた。オリガを中心に、セルゲイとウラジーミルことミハイルがウオッカを飲む。兄弟間の結束を固めるための儀式だ。

もはやオリガは泣いてはいなかった。

これからのことを考えられるようになったのだろう。

「ウラジーミル、セルゲイ、あなたたちはアレクセイのように母をおいて逝《い》ってはいけません」

オリガは長男と三男坊の手をそれぞれ握り締めて言った。

実母のくせに影武者だとわからないのか、ミハイルが上手《うま》いのか、実母が鈍いのか、実母のウラジーミルに対する愛が薄いのか、と藤堂《とうどう》はモニター画面に映しだされる茶番劇を眺めた。

傍らのウラジーミルはこれ以上ないというくらい冷たい目で観察している。

珍しく、藤堂がふたり分の紅茶を淹《い》れた。そして、紅茶のカップをウラジーミルのそばに置く。

モニター画面の向こう側では、オリガが昔話を感情たっぷりにし続ける。セルゲイは笑顔で応え、ウラジーミルことミハイルは仏頂面の無言で応じている。なかなかの演技力だ。オリガの侍女もセルゲイの側近も、ミハイルが影武者だと気づかない。

ミハイルならば一生、ウラジーミルという冬将軍を演じ続けられる、と藤堂は確信を持った。

藤堂はティーカップをテーブルに置くと静かに立ち上がる。

「藤堂、どこに行く？」

「そろそろあちらのウラジーミルに呼ばれるはずだ」

藤堂はモニター画面の中のミハイルを指で差した。何せ、話題はウラジーミルの結婚になり、オリガは花嫁候補について捲《まく》し立《た》てている。

本物のウラジーミルのように、影武者は結婚を拒んだ。堂々とオリガに藤堂の存在を告げる。

「くだらない」

ウラジーミルは吐き捨てるように言ったが、藤堂を止めたりはしなかった。オリガが藤堂を呼ぶことを予想したからだろう。

藤堂はコンピューターだらけの部屋を出て、ウラジーミルの部下が並ぶ長い廊下を突き進んだ。

豪華絢爛《ごうかけんらん》な館にどれだけの部屋があるのか、藤堂は数えたことがない。あまりにも広すぎて、何度か迷いそうになった。しかし、もはや迷ったりはしない。迷ったふりをして、警備員の目を潜《くぐ》り抜《ぬ》け、目的の塔に辿《たど》り着《つ》く。倉庫として使われている塔だが、普段は誰もいない。

ひっそりと静まり返った塔の中、藤堂は静かに暗い階段を上がる。乱雑に積まれた木箱が今にも崩れ落ちそうだ。

二階の大きな窓を開けた。

葡萄園《ぶどうえん》の向こう側にはクラシカルな本館がある。

二階の窓の向こう側には、ウラジーミルに扮《ふん》したミハイルが立っていた。ウオッカの瓶を手にして。

「ミハイル、俺の人選ミスだな」

まさか、ミハイルがウラジーミルに反旗を翻すとは思わなかった。改めて自分の甘さを思い知る。

藤堂は染みのついた大きな木箱の中から隠しておいたライフルを取りだした。

「裏切り者は嫌いだ」

藤堂はライフルを構えた。

照準はオリガと対峙《たいじ》しているウラジーミルだ。

「ミハイル、あの世では手を組む相手を間違えるな」

藤堂は引き金を引いた。

ズギューン、ズギューン、ズギューン。

一発目の銃声で、ミハイルが信じられないといった風情で倒れる。

二発目の銃声で、天井のシャンデリアが落ちる。

三発目の銃声で、隣室のマイセン製の大きな飾り花瓶が割れた。

その途端、隣室が爆発する。

ドカーン。

マイセン製の大きな飾り花瓶にセットしていた爆発物が爆発したのだ。ついで、藤堂は寝室にセットした爆発物も爆破させた。

一瞬にして、ロマノフの皇帝が愛人を囲ったという館が炎に包まれる。館に詰めていた兵士たちは敵襲だと思い込み、反撃態勢を取った。

しかし、敵は乗り込んでこない。

藤堂が仕掛けた爆発物があちこちで爆発するだけだ。

「姐《あね》さんが爆弾を作るのは意外と簡単だと言っていたが、その通りだったな」

藤堂は倉庫として使われていた塔に火をつけると、全速力で走りだした。今後、立ち止まっている余裕はない。

警報ベルが鳴り響く。

白い煙が立ちこめる中、藤堂はウラジーミルがこもっている部屋に飛び込んだ。

「ウラジーミル、飛ぶぞ」

案の定、ウラジーミルは何事もなかったかのようにモニター画面を眺めている。異状事態発生だというのに、ウオッカを飲みながら。

「藤堂？」

「ミハイルをヒットした」

藤堂が感情を込めずに言うと、ウラジーミルは驚愕《きょうがく》で目を瞠《みは》った。

「お前が？」

モニター画面には床に倒れたミハイルが映しだされていた。傍らにいたオリガはセルゲイに支えられ、避難している最中だ。

「イジオットのボスの皇太子は暗殺された。君は自由だ」

ミハイルはウラジーミルとして死んだ。証人はその場に遭遇した実母と実弟だ。証人には最適な家族である。

「飛ぶか」

ウラジーミルはようやくウオッカの瓶から手を離すと、椅子《いす》からのっそり立ち上がった。

「ああ、まず、飛ぶ」

「フィンランド経由か？」

ウラジーミルはキーボードを叩《たた》き、コンピューターのデータを破壊する。乱暴な男だが手際がいい。

「トルコ経由だ」

藤堂はコンピューターで埋め尽くされた部屋のリネンに火をつける。ウラジーミルは無表情で燃えだしたリネンにウオッカの瓶を投げた。

コンピューター室が炎上する。

「藤堂、行くぞ」

火の海の中、ウラジーミルとともに藤堂は駆けだした。どこからともなく、マクシムの声が聞こえてくる。

「藤堂、どこにいる？　藤堂？　藤堂？」

ガシャーンガラガラガラガラガッシャシャーン。

派手な破壊音に混じって、イワンの怒鳴り声も響いてきた。

「藤堂？　どコだ？　藤堂？　藤堂？　誘拐されたノか？　敵襲か？　どコだ？　アレクセイ派の残党か？」

藤堂とウラジーミルは誰の叫び声も無視して、隠し扉から地下に下りた。予《あらかじ》め、脱出用に置いていた車に乗り込む。

ウラジーミルが運転席に座り、藤堂が助手席に腰を下ろした。

「藤堂、出すぞ」

ウラジーミルは一声かけてからアクセルを踏む。

非常用の地下通路を猛スピードで進み、突き当たりで地上に出た。館の隣にある工場の跡地だ。

この非常用の地下通路を知る者は限られているという。

ウラジーミルがハンドルを握る車は走り続けた。


各所にいるイジオットのメンバーの目を避け、藤堂はウラジーミルとともにトルコからウィーンに入る。ロシアほどではないが、日本よりずっと寒い。藤堂は震え上がったが、例の如《ごと》くウラジーミルは平然としている。予め、ウラジーミルが偽名で購入していた高級アパートメントの一室に辿り着いた。

藤堂は溜《た》め息《いき》をつきつつ、アンティークのテーブルに偽造パスポートを置く。ハードな強行軍だった。

「藤堂、大丈夫か？」

ウラジーミルに顔を覗《のぞ》き込《こ》まれ、藤堂は軽く微笑《ほほえ》んだ。

「ああ」

「顔色が悪い」

「大丈夫だ」

イジオットからの追っ手は見当たらない。ミハイルの遺体は焼き尽くされるように計算した。目論《もくろ》み通り、上手くいったのだろうか。このままウラジーミルは新しい人生を歩めるのだろうか。

ウラジーミルの新しい名前はウイリアム・イエロニム・ルイコフ。

ロシア系アメリカ人だ。

「藤堂、お前はどこまで甘いんだ」

ウラジーミルに背中から抱き締められ、藤堂は壁にかけられた鏡に視線を流した。金髪碧眼《へきがん》の美青年が嬉《うれ》しそうににやけている。

「どうした？」

「お前は自由になる最後のチャンスを自分で潰《つぶ》した」

くっくっくっくっ、とウラジーミルは喉《のど》の奥だけで笑った。心なしか、辺りがざわざわとざわめく。

「なんのことだ?」

まさか、気づいていたのか。

藤堂は鏡に映る絶世の美形を凝視した。

「俺が気づかないとでも思ったのか?」

「だから、なんのことだ?」

「ミハイルやセルゲイと組んで、俺を殺しておけば、今頃、お前は晴れて自由の身だ」

ぎゅっ、と拘束するかのように藤堂の身体《からだ》を抱き締める腕に力が込められた。自由にしてやらない、というウラジーミルの意思表示だ。

「知っていたのか」

藤堂はいっさい誤魔化さなかった。

「ミハイルはロマノフの血を僅《わず》かながらも受け継いでいる。いつか、牙《きば》を剝《む》くと警戒していた」

自分しか信じられない男は、血縁関係のある腹心の部下の裏切りも覚悟していた。すんなりと受け入れている。

「影武者に指名した俺が愚かだったか」

「いや、影武者はミハイルしかいなかった」

「イワンの部下に影武者にできそうな男がふたり、マクシムの部下にひとりいた。三人とも美容整形が必要だったが」

　ウラジーミルの命が狙《ねら》われた時から、影武者の必要性を意識していた。イワンの部下やマクシムの部下に、影武者候補を見つけてはいたのだ。イジオットはロシア人純血主義を取っているから、ウラジーミルと同じように長身で逞《たくま》しい青年は多い。けれども、美の女神の祝福を受けた絶世の美形となれば難しい。

「ミハイルは期待以上の働きをした。これでいい」

「そうか」

「お前、馬鹿《ばか》な奴《やつ》だな」

　改めてウラジーミルから言われ、藤堂は苦い笑いを浮かべた。

「俺もそう思う」

「お前も俺と同じ気持ちだと思っていいな？」

　ウラジーミルの声が僅《わず》かながら甘くなった。

「ウラジーミルと同じ気持ち？」

「お前は俺を選んだ」

　俺を愛しているんだな、とウラジーミルはくぐもった声で続けた。まるで縋《すが》るかのように。

　冷酷無比な冬将軍の片鱗《へんりん》は微塵《みじん》もない。

「ウラジーミルを選んだことになるのか」

クスッ、と藤堂は笑った。

「……おい」

ウラジーミルは藤堂の笑い方が気に障《さわ》ったらしい。

「賭《か》けを忘れているな？」

藤堂の脳裏にはウラジーミルとの賭けがインプットされている。必ず勝つ自信があるからだ。

「賭け？　カジノに行ったか？」

ウラジーミルの反応に、藤堂は困惑で目を瞠った。

「覚えていないのか？」

「……あぁ、忍者のシャチの賭けか？」

「そうだ」

藤堂は眞鍋《まなべ》組の諜報《ちょうほう》部隊に所属しているシャチに手も足も出なかった。それはウラジーミルも感じたらしい。シャチを手っ取り早く始末しようとした。慌てて止めたのが、ほかでもない藤堂だ。

『シャチは眞鍋で最も有能な男と言っても差し支えない。橘高清和《きったかせいわ》に対する忠誠心も強い』

『金や女で籠絡《ろうらく》できないならば、やはり始末するしかない』

『だが、俺はシャチの弱みを見つけた。いずれ、シャチは橘高清和を裏切るだろう』

甲府《こうふ》でアラブの王族相手に眞鍋の諜報部隊が暗躍したという情報を得たが、責任者はサメでもなければシャチでもなく、花のように可憐《かれん》なエビだった。依頼人が二代目組長と昵懇《じっこん》にしている名取《なとり》グループ会長ならば、ナンバーワンのシャチが投入されてしかるべきだ。それなのに、二番手であるエビが責任者に立った。

何かある、何かがあってシャチは大切な仕事を拒んだ。そう当たりをつけ、藤堂は甲府や名取グループを徹底的に調べ上げたのだ。

『……弱み？　ナンバーワンに弱みがあるのか？　弱みがあればナンバーワンは無理だろう？』

『シャチの素性《すじょう》がやっとわかったんだ。シャチには血の繋《つな》がった実の妹がいる』

シャチの実妹の結婚相手は名取グループ会長の跡取り息子の秘書だ。清和は名取グループの会長と蜜月《みつげつ》関係が続いているが、跡取り息子とはそのうち衝突するだろう。

『それで？』

『実妹の夫の上司が橘高清和と敵対する。橘高清和を選ぶのか、妹を選ぶのか、いずれ、シャチは苦渋の選択を迫られるはずだ』

シャチのこの世にたったひとり残された肉親は実妹しかいない。夫婦仲はよく、ふたり目の子供を妊娠中だ。

『実妹の夫？　それが橘高清和を裏切る理由になるのか？』

『シャチにとっては重いしがらみだ』

『……しがらみ？』

『賭けてもいいが、そのうち、必ず、シャチは自分の意思に反して橘高清和の命を狙う。だから、せっかくの眞鍋の爆弾を始末するな』

『賭けるか？』

あの時、ウラジーミルは横柄な態度で白い手袋を叩きつけた。藤堂は負ける気がしなかったので堂々と白い手袋を拾った。

『いいぞ』

『シャチが橘高清和を裏切らなかったら、藤堂は今度こそ俺のものになれ』

藤堂は自分の勝利を確信していたから、ウラジーミルの意図を深く考えなかった。

『いいだろう』

『その代わり、シャチが橘高清和を裏切ったら、俺が藤堂のものになってやる』

『イジオット特製の偽造パスポートで手を打つ』

『日本人の遠慮は美徳ではない。遠慮するな』

藤堂とウラジーミルの賭けの結果はまだ出ていない。しかし、そろそろ、動きだすと踏んでいた。

　ウラジーミルは賭けの内容を思いだしたらしく、どこか遠い目で言った。

「……あぁ、あの忍者の賭けだな」

「ウィーンで賭けの結果を聞くのも何かの縁か因縁か」

「俺が勝ったら、お前は俺のもの」

　ウラジーミルは自分が賭けに勝利すると思い込んでいる。戦争に勝ち続けてきた冬将軍の所以《ゆえん》だ。

「あいにく、ウラジーミルの敗北は確実だ」

「お前が勝ったら、俺はお前のもの」

「賭けに勝ったら、俺は自由にさせてもらう」

　藤堂が高らかに言い放つと、ウラジーミルは目を吊《つ》り上《あ》げた。

「それは許さない」

「なんのための賭けだ？」

「お前が俺を選んだから」

「悪いが、ウラジーミルを選んだつもりはない」

　俺は裏切られ続けてきた。

　ウラジーミルも裏切られ続けた。

だから、ウラジーミルを裏切りたくなかった。

それだけだ。

ただ、それだけなのだが。

ウラジーミルを選んだことになるのだろうか。ミハイルとウラジーミルでは迷うこともなかったが。

愛ではない。

そういう意味での愛ではない。

藤堂はウラジーミルに対する愛を否定した。

「お前は俺を選んだ。認めろ」

スリスリスリスリスリ、とウラジーミルは駄々っ子のように肩口に顔を擦《こす》りつける。藤堂は呆気《あっけ》に取《と》られてしまった。

「子供みたいに拗《す》ねるな」

「ガキはお前だ」

「俺のどこが？」

「さっき、酒を買おうとして生年月日を確認されたのは誰だ？」

アパートメントに辿り着く前、藤堂はワインを購入しようとしたものの、パスポートの提示を求められた。飲酒できない年齢だと思われたようだ。東洋人は若く見えるらしい。

「それとこれとは話が違う」

「お前が選んだのは俺だ」

俺に逆らうな、とウラジーミルは冷たい怒気を撒《ま》き散《ち》らす。ロシアン・マフィアを引退しても、その氷のような迫力はまったく変わらない。

「相変わらず、暴君だな」

「悪いのはお前だ」

「そうしておこうか」

「愛している」

背中に張りついているウラジーミルの体温が上がった。密着している肌から、ウラジーミルの熱情が伝わってくるようだ。

「俺に愛を囁《ささや》くとはお目が高い」

藤堂はどこか芝居がかった口調でウラジーミルを褒《ほ》め称《たた》えた。

「ふざけるな」

「俺に愛を囁いてどうなる?」

「愛している、と言ってやったのに……」

ウラジーミルは愛の言葉を連発するタイプではない。

「誰も頼んでいない」

「……おい、愛している、と言ってやっただろう」

ウィーン初日からこれでは心身ともに保たない。藤堂は背中にウラジーミルを張りつけたまま、ガラリと話題を変えた。

「そんなことより、ウラジーミル、差し迫った問題がある」

「なんだ？」

「君は空腹か？」

藤堂と違ってウラジーミルはよく食べ、よく飲む。当然ながら、冷蔵庫やパントリーに食材はない。

「ああ、腹が減った」

アパートメントに辿り着くまで、カフェやレストランなどの飲食店で食事を摂《と》ることはなかった。

「俺の専門に料理は入っていない」

高級アパートメントには使い勝手のいいキッチンがついているが、藤堂には使いこなす自信がまったくない。

「俺もだ」

想定内のウラジーミルの返事に、藤堂は大きく頷《うなず》いた。今までならば外食すればよかったのだが。

「当分の間、カフェかバイスルで食事をするのは控えたほうがいい」

美食の街には歴史的なカフェやバイスル、ワインケラーが軒を連ねるが、ほとぼりがさめるまで、周囲の目には注意しなければならない。

「シェフを雇え」

ウラジーミルらしい指示に、藤堂は口元を緩めた。

「ウラジーミル、君はもうイジオットの皇子ではない。イジオットから隠れなければならない身だ」

ウィーンで雇い入れたシェフから、ウラジーミル生存の情報が漏れるかもしれない。世界有数の国際都市には、各国のスパイとともに各国のマフィアも棲《す》んでいる。それこそ、ウィーンで活動するフランス系マフィアからイジオットに噂《うわさ》が流れるかもしれない。どこでどう繋がるかわからないから危険だ。

「ロシアの雪でロシア製の車は止まるが、日本車は止まらない。日本人の技術は素晴らしい。お前なら料理もこなせる」

ウラジーミルにシェフに任命されたことはわかった。

「サンドイッチを買ってくる」

藤堂はウィーンの中心地にある店の、薪で焼いた天然酵母のパンがお気に入りだ。きっとウラジーミルの口にも合うだろう。サンドイッチの種類も豊富だったはずだ。

「肉」

ウラジーミルはサンドイッチでは満足しない。

「サンドイッチで手を打て」

「肉だ。希望はビーフだが、チキンでもポークでもいい」

「君は生肉が食べられるか？」

人の生き血をすするような男と、ウラジーミルは畏怖《いふ》されている。生肉を好んでも驚かない。

「なんでも、生で食べようとするのは日本人ぐらいだ」

「生の肉なら用意できる」

「肉を買って、焼けばいいんだろう。焼けば」

ウラジーミルの言うことはもっともだが、藤堂にはキッチンで肉を上手く調理する自信がなかった。

「俺は死体を焼いたことならある」

藤堂には死体ならば上手く焼く自信があった。

「俺も死体を焼くのは得意だ。それは俺に任せろ」

ウラジーミルも死体ならば上手く焼く自信があるらしい。

「ウラジーミル、俺も死体なら焼ける」

「死体を焼くのは俺だ。お前は肉だ。俺の肉の焼き加減はミディアム」

「ステーキと死体は違う」

藤堂とウラジーミルは不謹慎なことを真顔で言い合った。けれども、不思議なくらい心は軽かった。

イジオットという檻《おり》から飛びだしたからだろう。

8

ウィーンでなんともはや奇妙な日々が始まった。

昼過ぎ、ふたりは同じベッドで目覚める。

「ウラジーミル、起きないのか？」

藤堂《とうどう》は上体を起こし、腕枕《うでまくら》をしていた男を見下ろした。起きている時より、ずっと若く見える。少年時代の面影があった。

「起きる」

「コーヒーでいいな？」

コーヒーを淹《い》れるのは藤堂だ。ゆったりとしたソファに腰掛け、ウラジーミルとふたりで飲む。ロシアのようにほかに人もいない。ウラジーミルの部下もひとりもいない。藤堂とウラジーミル、ふたりだけだ。

「藤堂、肉が欲しい」

ウラジーミルはコーヒーでは満足できない。それは藤堂にもよくわかっている。

「俺がサンドイッチを買ってくる」

近所にはウィーンの生活に溶け込んだベーカリーのチェーン店がある。サンドイッチの種類も豊富だ。チキンか、ローストビーフか、肉系のサンドイッチで我慢させたい。……我慢させたいが。

「肉がいい」

「外に出るのは危険だ」

「平気だ」

「そんなに肉が恋しいか」

ウラジーミルは肉料理のために危険を冒す。到底、藤堂には理解できない。もっとも、脳裏には最愛の姉さん女房に隠れてステーキを貪《むさぼ》り食《く》う不夜城の覇者が浮かぶ。

男とはそういうものなのか。

いや、若い肉食の男とはそういうものなのか。

藤堂が眞鍋《まなべ》組の二代目組長とウラジーミルを重ねていると、不機嫌そうな声が矢となって飛んできた。

「藤堂、誰のことを考えている」

ウラジーミルは依然として独占欲が強い。

「……いや」

「桐嶋《きりしま》のことを考えていたのか？」

「違う」

「いつも俺のことを考えろ」

イジオットの檻《おり》から脱出しても、ウラジーミルは暴君だった。藤堂は呆《あき》れを通り越して感心さえしてしまう。

反論する労力がもったいない。

藤堂はソフトな微笑で聞き流した。

「藤堂、肉を食いに行く」

ウラジーミルは意志の強い目で立ち上がった。

「ウラジーミル、サングラスを忘れるな」

「ああ」

身なりを整え、ロシア系アメリカ人と日系アメリカ人に扮《ふん》したふたりは、歴史のあるカフェに向かう。観光客が立ち寄らない穴場的なカフェだ。

藤堂がドイツ語でオーダーする。

「藤堂、スープだけでいいのか？」

藤堂のブランチはグラーシュズッペというウィーンのビーフシチュータイプのスープだ。カフェといってもウィーンでは食事系が充実している店が多い。

「ああ」

ウラジーミルは細切りのクレープが入ったフリターテンズッペというスープに、ウィーン風カツレツのウィンナーシュニッツェルを食べる。付け合わせのパセリをまぶしたジャガイモも平らげた。そのうえ、当然のようにトルテも食べる。

「藤堂も食え」

「俺はいい」

「一口、食え」

ウラジーミルは自分が食べたいトルテをふたつ、オーダーした。シュトロイゼルがトッピングされた木イチゴのトルテとバターケーキのクグロフだ。

「藤堂、一口」

藤堂はウラジーミルに言われるがまま、マリー・アントワネットの好物だったという逸話付きのクグロフを一口だけ食べた。残りの行き先はすべてウラジーミルの胃袋だ。

「ウラジーミル、後は任せた」

スッ、と藤堂はクグロフを載せた皿をウラジーミルの前に押す。

「ああ」

藤堂はシュヴァルツァーという濃いめのコーヒーを飲んだ。ウラジーミルはコーヒーに泡立てたミルクを加えたメランジェだ。

ふたりともコーヒーを飲み終えても立ち上がらない。あれほど周囲の目を気にしていたというのに。

人の世の煩《わずら》わしさを忘れさせる雰囲気がいいのだ。

藤堂はタブレットを操作し、ウラジーミルはスマートフォンを操る。会話は交わさないが、お互いにお互いの存在は意識している。

店内に流れる音楽はシューベルトの『野ばら』だ。続けて、藤堂が十代で弾いた『四つの即興曲』が流れる。

「藤堂、コンサートに行くか？」

音楽に耳を傾ける藤堂を目の当たりにして、ウラジーミルも思うところがあったらしい。

「構わない」

「好きだろう」

ウィーンでは大規模なコンサートホールのみならず、王宮や宮殿、教会でも頻繁にコンサートが行われている。音楽愛好家にとっては最高の都だ。藤堂にしても好きな楽団の生演奏には心が引かれるが、今はそんな場合ではない。

「あまり出歩かないほうがいい」

一応、藤堂もウラジーミルも変装しているが、完璧《かんぺき》とは言いがたい。特にウラジーミルはどうしたって目立つ。

「見つかったら逃げればいい」

「なんのために、ミハイルを……」

「他人の空似でしらばっくれろ」

常日頃、ウラジーミルは藤堂を甘いと罵《ののし》るが、こんな時、藤堂はウラジーミルこそ甘すぎると呆れる。

「君がロシア人だと実感する」

藤堂がコーヒーについていた水を飲み干すと、ウラジーミルはスマートフォンの画面を突きつけた。ビーフにフライドオニオンを載せたツヴィーベルローストブラーテンというウィーンの伝統料理が映しだされている。

「藤堂、シュテファン寺院の近くにあるカフェに行く」

一瞬、藤堂は聞き間違いだと思って自分の耳を疑った。

「……え？」

「行く」

「食べたばかりだ」

「それがどうした」

ウラジーミルはテーブルで支払いをすませると、藤堂の手を引いて立たせた。そうして、ブランチを食べたカフェを出た。

木枯らしが吹く中、歴史的建造物が建ち並ぶ通りを過ぎ、観光客で溢《あふ》れかえっている目抜き通りを進む。ウラジーミルの手の定位置は藤堂の肩だ。

「藤堂、ここだ」

ウラジーミルの足はウィーン正統派のカフェで止まった。

「ウラジーミル、本気か？」

ブランチを食べたばかりだ。あれはブランチではなくてブレックファーストだったのだろうか。ブランチ前の前菜だったのだろうか。

「ああ」

「俺はコーヒーだけでいい」

「ザッハトルテでも食えばどうだ」

「無理だ」

ウラジーミルによる問答無用のカフェのはしごだ。もっとも、先ほどのカフェとはまた雰囲気が違うから新鮮だ。店内のＢＧＭは金髪の美女によるピアノの生演奏である。

ウラジーミルは目星をつけていたツヴィーベルローストブラーテンをペロリと平らげた。肉料理の連発だ。おまけに、バニラソースに沈んだウィーン風の薄皮生地のアップルパイも完食する。さらに甘くないクリームが添えられたザッハトルテまで。

これぞウィーンか。

「ウラジーミル、なんともないのか？」

藤堂はウラジーミルが食べた肉の量とトルテの数に戸惑う。それでも、ウオッカを飲み続けるよりマシかもしれない。

「何が？」

「ウオッカの摂取量が減るからいいのか……」

「お前にウィーンは似合うな」

ウラジーミルに言われるまでもなく、藤堂もウィーンは好きだ。洗練されたカフェ文化も好きだった。無条件で落ち着く。

ウラジーミルには凍《い》てつく大地やロマノフ朝の宮殿のほうがマッチする。もっとも、そういったことは口にしない。

「ウラジーミルも」

ふたりでウィーンのカフェ文化を堪能《たんのう》した。

満腹になっても、アパートメントには帰らなかった。

「藤堂、王宮だ」

華麗なる王宮は日没なき国と称されたハプスブルク帝国の本拠地だ。帝政ロシアとも少なからず因縁がある。

「ああ」

「観光客が多い」

観光客の団体が次から次へと王宮に吸い込まれるように入っていく。心なしか、白人の観光客が多い。東洋人の団体がいたと思えば、中国人の観光客だ。

「そうだな」

「行くぞ」

王宮を散策した後、室内楽コンサートを楽しむ。周りは観光客だらけで、それらしい匂《にお》いがする者は見当たらない。

コンサートの後は十五世紀創業のバイスルで夕食だ。

ウラジーミルのオーダーはウィーン伝統の肉料理である。藤堂はクレソンのクリームスープとパンでいい。

乾杯はオーストリアの貴腐ワインだ。

ワイングラスの向こう側にいるウラジーミルは、とても幸せそうだった。そんなウラジーミルを見て、藤堂の心も否応《いやおう》なく弾む。

「藤堂、機嫌がいいな」

ウラジーミルに楽しそうに指摘され、藤堂は面食らってしまう。何せ、ウラジーミルにつられただけなのだから。

「ウラジーミル、その言葉はそっくり返す」

藤堂が真顔で言い返すと、ウラジーミルは素直に認めた。

「……ああ、ウオッカを飲んでもいないのに気分がいい」

「ウィーンでウオッカが控えられたらいい」

ロシア人はウオッカのためなら、どんなことでもする。唯一、できないことは、そのウオッカを飲まないことだ。

ウオッカに纏《まつ》わるロシアの格言は星の数ほどある。

「ワインならいいのか?」

「ウオッカよりは確実に」

「お前の機嫌がよくなるならいい」

無意識のうちに、ワインが進んだ。

あっという間に、ふたりで貴腐ワインを一本空ける。二本目はブラックタイのお勧めのワインの封を切った。

ウィーンの夜は寒いけれども魂が癒《い》やされる。そんな気分だ。

アパートメントに帰れば、ウラジーミルがのしかかってくる。まだ藤堂はコートも脱いでないというのに。

「ウラジーミル、待て」

パンパン、と藤堂はウラジーミルの広い背中を叩《たた》いた。この寒空の下、ロシア生まれのロシア育ちはコートどころかセーターも着ていない。厚手のシャツ、一枚だ。

「待てない」

「コートぐらい脱がせてほしい」

藤堂が文句を言うと、ウラジーミルはキスをしてからのっそりと身体《からだ》を起こした。再度、額にも唇で。

「俺だけのものだ」

頬《ほお》や鼻先にもキスを受け、藤堂はなかなかコートが脱げない。このままではコートが皺《しわ》になってしまう。

「ちょっと待て」

藤堂がコートを脱いだ途端、ウラジーミルの雄々しい腕に抱き寄せられた。

「俺のものだ。どう扱おうと俺の勝手だ」

「暴君ぶりがひどくなった」

「誰にも渡さない」

ウラジーミルに長椅子《ながいす》に押し倒され、藤堂は溜《た》め息《いき》をついた。ベッドまで待てないのか、と文句を言いたいが、無駄だと想像できる。

「ウラジーミル、乱暴にするな」

「お前の反応がよくなる」

藤堂の身体を暴くウラジーミルの手は止まらない。ギシギシギシッ、とふたりの体重を受け止めた長椅子が鈍い音を立てて軋《きし》む。

「何を言っているんだ」

藤堂が溜め息混じりに文句を言うと、ウラジーミルはニヤリ、といやらしそうにほくそえんだ。

「乱暴なほうがお前は女になる」

一瞬、何を言われたのか、藤堂は理解できなかった。

無意識のうちに、理解することを拒んでいたのかもしれない。

理解した途端、全身が羞恥心《しゅうちしん》で染まった。

「……やめたまえ」

瞬く間に、藤堂が身につけていたセーターもシャツもコートとともに床の上だ。ウラジーミルの性急な手によって、藤堂のズボンの前も開かれる。

「女みたいになれ」

「女性がいいなら女性を抱け」

「お前しかいらない」

ウィーンでウラジーミルは変わった。それだけは確かだ。正確に言えば、藤堂もウィーンで変わった。

ウラジーミルがイジオットの次期ボス候補者ではなくなったからだろう。

こんな日がウィーンで続いた。

三日経《た》っても、五日経っても、十日経っても、イジオットの影は見えなかった。ほかの闇《やみ》組織の影も。

9

パウダールームに同じ歯ブラシが二本。同じシャンプーの匂《にお》い。同じ石鹼《せっけん》の匂い。なんとも妙な感じだ。

今日も昼過ぎに起きて、ウィーン世紀末風のカフェに出かけた。もはや、藤堂《とうどう》がキッチンでコーヒーを淹《い》れることもない。

いつもと同じように、藤堂のオーダーはスープでウラジーミルのオーダーは肉料理とトルテだ。

藤堂はコーヒーを飲みながら、タブレットでイジオットに関するデータを集める。パリの情報屋からの連絡も入っていた。

「ウラジーミル、まだ君は死んでいない」

イジオットは依然として長男の死を公表していない。長男が手がけていたビジネスも長男名義のままだ。定例会にもウラジーミルは出席している。いったいどこのどんなウラジーミルだ。

「……らしいな」

ウラジーミルもスマートフォンでイジオットの情報は拾っていた。一流の情報屋も使っているはずだ。

「ミハイルの死体を調べられたか」

爆発物を爆破させたから、ミハイルの遺体は木《こ》っ端《ぱ》微塵《みじん》に吹き飛んだはずだ。もしくは、黒焦げの焼死体になったと踏んでいるが、定かではない。

「ミハイルの死も流れていない」

イジオットはミハイルの死も伏せている。

「このままウィーンに留まるのは危険だ」

毎日、呑気《のんき》にカフェ巡りをしているし、コンサートや美術館にも足を運んだ。イジオットの影は感じないが、藤堂は気が気でならない。

「構わない」

「そのうち、イジオットに嗅《か》ぎつけられる」

充分、ありえる未来を口にすると、ウラジーミルはあっけらかんと言い放った。

「引退を公表する」

「無謀だ」

「小細工をせず、最初から引退を公表したほうがよかったんじゃないか」

「そう簡単に引退させてもらえるか？」

「俺の代わりはいくらでもいる」

お前の代わりはいない、とウラジーミルに真摯《しんし》な目で貫かれた。ロマノフの皇太子がすべてを捨てた理由は初めて囲った愛人だ。

「俺の代わりこそ、いくらでもいる」

いつになったら冷めるのか、と藤堂はどこか遠い目で窓の外に広がる景色を眺めた。芸術の聖地はそれだけで一枚の絵になる。

「いない」

「俺を選ぶとはお目が高い。褒めておく」

「逃がさないから覚悟しろ」

ウラジーミルは腹立たしそうに言ってから、ハンガリーの大貴族の名がついたトルテを平らげた。

「そのうちいやでも別れることになるだろう」

「お前は永遠に俺のものだ」

誰が逃《のが》すか。

ウラジーミルの鋭い双眸《そうぼう》は雄弁に語っている。

「君は肉料理の食べすぎだ。ウオッカの摂取量は減ったが、その分、ワインの摂取量が増えた。いくら若くて頑健でも、いずれ体調を崩す」

ロシアではお抱えのシェフが、新鮮なサラダや野菜たっぷりのスープを勝手にテーブルに並べた。ウラジーミルはテーブルに並んだら、なんでも避けたりせずに平らげたのだ。今、ウラジーミルが自分でオーダーする料理は偏《かたよ》りすぎている。

「藤堂、今までそんなことを言わなかった」

ウラジーミルはだいぶ驚いたらしく、ダイヤモンドのような瞳《ひとみ》がゆらゆらと揺れた。

「ふたりきりになったからだろう」

ふたりきりになれば、どちらかが倒れたらひとりだ。藤堂は健康第一を掲げる眞鍋《まなべ》組の二代目姐《あね》の気持ちが初めてわかった。もっとも、二代目姐のようにキッチンに立って健康食を作る気はさらさらない。

「そうだな。ふたりきりだ」

ふたりきり、とウラジーミルは嬉《うれ》しそうにほくそえむ。背負っていた冬将軍が乙女のように浮かれている。

「ああ」

「俺の身体《からだ》は心配いらない」

「君が倒れても俺は世話をしない。せいぜい身体に気をつけたまえ」

それでなくても、ロシア人は長寿とは言いがたい。短命の最大の理由はアルコールと食事だ。

「可愛《かわい》くないな」

「気に障《さわ》ったのならば離れたまえ」

こんなことで機嫌を取る気にはなれない。藤堂は素っ気なく言ってから、コーヒーを味わうように飲んだ。

「俺を試しているのか？」

「何が？」

「それぐらいで離れるわけないだろう」

藤堂とウラジーミルは言い合ったが、傍目《はため》から見れば恋人同士の痴話《ちわ》喧嘩《げんか》にしかならない。

……いや、喧嘩にもならない。

顔見知りになったカフェのブラックタイは茶化すように言った。

「ふたりはいつも仲がいいね」

藤堂が言葉に詰まったのは言うまでもない。

ハプスブルク家御用達《ごようたし》のチョコレートショップの前で、ウラジーミルが抑揚のない声で尋ねてきた。

「藤堂、行きたいところがあるか？」

瞬時に、かつて父母に連れていかれたウィーン最古の教会が藤堂の瞼《まぶた》に浮かぶ。

「ルプレヒト教会」

「教会？」

「ウィーンで一番古い教会だ」

確か、創建は八世紀頃だったはずだ。

ウィーンには美の極致を追求したような教会が少なくない。在りし日、藤堂はバロック美を体現したカール教会に感服した。特に壁に描かれた絵画は最高の至宝だ。同じく、バロック建築の最高美を極めたと謳《うた》われているペーター教会にも感動した。中でも天蓋《てんがい》のフレスコ画には息を吞《の》んだ。ウィーンのシンボルであるゴシック様式のシュテファン寺院にも感激した。

それなのに、妙に心に残っているのは、一番古くて一番小さくて一番シンプルで一番ひっそりと静まり返っていたルプレヒト教会だった。

ウラジーミルも何か思ったらしい。ルプレヒト教会に入った途端、驚いたように声を上げた。

「藤堂？　お前が来たがった教会だからもっとごちゃごちゃしていると思ったが質素だな。破産した教会か？」

藤堂が今までカフェ巡りのついでに足を運んだ教会は、外観も内装も一言で言い表せば華やかだったし、観光客が多かった。ルプレヒト教会は外観も内装もシンプルで、観光客はひとりもいない。

「言いたいことはわかるがそれはないだろう」

前期ロマネスク様式の身廊や塔の基部が残り、現世から切り離された神聖なる別世界が広がっている。

言葉では上手《うま》く言えないが落ち着く。

静けさに満ちた空間に癒《い》やされるのかもしれない。

中央、十字架にかけられたキリストに視線を流した。

人の罪を背負って十字架にかけられたキリスト。

俺は自分の罪を背負って十字架にかけられる。地獄で十字架にかけられる。覚悟はしている。

藤堂が自分の罪を噛《か》み締《し》めていると、ウラジーミルはあっけらかんと言った。

「誰もいない」

時間帯のせいか、教会関係者はひとりも見当たらない。

「誰もいなくても騒ぐな」

「誰かいないと盗まれるぞ」

ウラジーミルが指した先には、十字架にかけられたキリストがいる。マニアにとっては価値の高い美術品だ。

「ここはロシアではない。ウィーンだ」

「ウィーンにも泥棒はいる」

イジオットは盗品を取り扱い、闇《やみ》のオークションも開催していた。多数の教会美術品も取り扱っている。

「ああ、ウィーンにも泥棒はいる。スパイもマフィアもいるが……」

藤堂が滔々《とうとう》と言い返した時。

ギィ、と控えめな音とともに古い扉が開き、銀色に近い金髪の青年が入ってきた。サングラスをかけている。

ウラジーミルだ。

イジオットのウラジーミルがウィーン最古の教会に現れた。背後にはロマノフ王朝の帝都が広がる。

「ほら、泥棒だ」

ウラジーミルは冷淡な様子で、サングラスをかけた自分そっくりの男を指す。いっさい動じない。

「ウラジーミル、泥棒には見えない」

今、肩を抱いているのは誰だ。毎晩のように、自分を抱いている男の手に間違いない。藤堂は冷静に観察した。

ウラジーミルによく似ているが違う。

ミハイルではない。

あの時、ミハイルはこの手で狙撃《そげき》した。

ミハイルのほかにウラジーミルによく似た男といえば、実弟のアレクセイ、末のセルゲイ……と、藤堂は思い当たった。

セルゲイか、と。

セルゲイがウラジーミル生存を演出しているのか、と。

どういうことだ、と。

藤堂が涼やかな目を細めると、ウラジーミルはいつもの調子で言った。

「おい、キリストを盗みにきたのか？」

ウラジーミルの質問は風か何かのようにスルーされた。

「ウラジーミル、新婚ごっこは堪能《たんのう》したな」

果たせるかな、聞き覚えのある声が発せられた。サングラスを取れば、ウラジーミルによく似たセルゲイの顔が現れる。

もっとも、メイクは施しているようだ。

「セルゲイ、殺されたくなきゃ帰れ」

ウラジーミルの弟に向ける言葉は容赦がない。

「やっぱり兄のくせに弟を平気で殺すね」

「キサマも俺を殺そうとした」

藤堂を利用して、とウラジーミルは凄絶《せいぜつ》な怒気を全身から発散させた。今にも隠し持っている拳銃《けんじゅう》が火を噴く。

藤堂は発砲を留まらせるように、ウラジーミルの腕に腕を絡ませた。

ウィーン最古の教会は後世に伝えなければならない全人類の至宝だ。聖なる場で発砲事件を起こさせたくない。

「藤堂、ウラジーミルから逃げたかったんじゃないのか？」

殺す相手を間違えている、とセルゲイの非難の視線は藤堂に注がれた。全身から漲《みなぎ》る瘴気《しょうき》が凄《すさ》まじい。

「セルゲイ、ウラジーミルを暗殺する必要はない。そのうち、ウオッカの飲みすぎか、肉の食べすぎで地獄に召される」

藤堂が神妙な面持ちで言うと、セルゲイはきょとんとした顔で惚《ほう》けた。

ギイィィイィ、と体格のいいロシア人が古い扉から顔を出す。ボスの側近中の側近であるパーベルだ。

「さすが、日本のサムライは言うことが違う。これからウラジーミルのディナーは天麩羅《てんぷら》かカツ丼《どん》にしておくれ。日本食はヘルシーだ」

ロシアにおいて日本食はヘルシーでダイエットにいいと思われている。日本食レストランがロシアに定着した理由だ。

「パーベル、天麩羅とカツ丼はヘルシーではありません」

「おぉ、ヘルシーだと思って毎晩のように食べていた。藤堂のようにスリムになりたくてね」

「ヘルシーの定義がだいぶ違うようです。ダイエットならば専門家の指導を仰いでください」

「ロシアに戻って、私のダイエットの指導をしてほしい……」

パーベルの言葉を遮るように、ウラジーミルが険しい形相で言った。

「パーベル、いちいち言わなくてもすむと思ったが、念のために言っておく。俺はイジオットから身を引く。俺の後はイワンとマクシムに任せる」

以上だ、とウラジーミルは毅然《きぜん》とした態度で引退宣言をした。歴史ある教会内に朗々と響き渡る。

「ウラジーミル、認められない」

パーベルは両手を振った。

「引退する」

「ウラジーミルはイジオットの皇太子だ。引退の理由は死亡しかない」

「俺を殺しにきたのか」

俺を殺せるか、とウラジーミルは不敵に口元を緩めた。すでに左手は隠し持っていた拳銃を握っている。

いくらなんでもここでは駄目だ、と藤堂は背筋を凍らせた。

「そんなもったいないことはしない」

「俺のストックはいくらでもいる。セルゲイでも異母弟でもいい。なんなら、キサマでもいいだろう」

ウラジーミルは、長年ボスに仕えた功臣の野心を突く。

「おお、ウラジーミル、王冠を狙《ねら》うには歳《とし》を取りすぎた。もう少し若い時に煽《あお》ってほしかったね」

「ボスに伝えろ。イジオットには帰らない」

「これこれ、イジオットがマフィアだと忘れている。そんなに簡単に引退できると思っているのかね」

だから藤堂がミハイルという細工をしたんじゃないか、とパーベルは言外で匂わせている。

「俺がいれば内紛が増えるだけだ」

「ウラジーミルがいなくなれば外敵がつけあがる。今まで若い冬将軍の存在が抑止力になっていた街もあるからね。わかるだろう」

ウラジーミルの代わりはいない。

パーベルはウラジーミルの華々しい戦歴を称《たた》えた。

「ウラジーミル、僕がどれだけ悔しかったかわかる？　僕は目の前で殺されたミハイルをウラジーミルだって報告したんだよ。なのに、ウラジーミルの死亡報告は握り潰《つぶ》されたんだよ。そのうえ、僕にウラジーミルのふりをしろ、って」

セルゲイはよほど鬱憤《うっぷん》が溜《た》まっていたのか、荒々しい語気で一気に捲《まく》し立《た》てた。甘ったれの片鱗《へんりん》は微塵《みじん》もない。

「知ったことか」

ウラジーミルはセルゲイにいっさい情をかけない。

「兄がふたり死んでも僕がいるのに。ママに一番愛されている僕がいるのに。ボスだって一番僕を可愛がってくれたのに。ボスもパーベルも大幹部たちもウラジーミルを支持した」

「お前の死亡報告が甘かったんだ」

「僕の報告はウラジーミルより上手い」

悔しい、悔しい、悔しい、悔しい、どうしてくれようと、ウラジーミルの影武者を命じられたセルゲイは屈辱感を露《あらわ》にした。パーベルが宥《なだ》めるように肩を抱く。

いつの間にか、教会内はパーベルの部下でいっぱいだ。それぞれ、凶器を隠し持っていることも間違いない。

狙いを定めた相手は、闘志を燃やしているウラジーミルではない。ウラジーミルが守ろうとしている藤堂だ。

イジオットの冷血と名高い皇太子は、初めて囲った愛人に骨抜きにされた。愛人を始末すれば、元通り、冷血の名を恣《ほしいまま》にした冬将軍が復活する。

イジオットの下した決断が、藤堂には手に取るようにわかった。あまりにもイジオットらしい決断だ。

もちろん、藤堂は慌てたりはしない。命乞《いのちご》いもしない。

その代わりというわけではないだろうが、ウラジーミルの怜悧《れいり》な美貌《びぼう》に凄絶な影が走った。

「おい、藤堂に手を出したら許さない」

ウラジーミルは藤堂を守るように立った。

「ウラジーミル、藤堂に手を出されたくなければ戻っておくれ。今ならばまだ間に合う。獅子《しし》身中の虫を炙《あぶ》りだすバカンス、で通るからね」

「俺がイジオットにいる限り、藤堂が狙われる」

「皇太子の寵愛《ちょうあい》を一身に受けているんだから仕方がないだろう。藤堂への目を逸《そ》らすため、ほかに愛人を囲う手もある」

パーベルの案をウラジーミルは悪魔のような顔で拒絶した。

「断る」

今にもウラジーミルはパーベルに銃口を向けるような勢いだ。おそらく、藤堂が止めていなければ危なかっただろう。

「愛妻家のボスでも愛人を五人も囲っているのに一途《いちず》だね。びっくりするよ」

「帰れ。今ならば見逃す」

クイッ、とウラジーミルは傲岸不遜《ごうがんふそん》な態度で顎《あご》をしゃくった。

「ウラジーミル、君は野に埋もれて生きられる男じゃない。藤堂も野に埋もれて生きられるサムライじゃないよ」

イジオットを敵に回して生きていけると思っているのか。

パーベルは決して口にはしないが、視線で語っている。ウラジーミルに直接、言葉で言えばさらにこじれると踏んでいるからだ。大幹部はイジオットの皇太子の高い自尊心を知っている。

どんなに楽観的に考えても、一個人が巨大な闇組織に追われ、生き抜くのは無理だ。イジオットとウラジーミル個人では比べるまでもない。藤堂は言わずもがな。

どうやってウラジーミルを説得するか、藤堂がウラジーミルを横目で眺めた時、スマートフォンに待っていた情報が入った。

シャチがとうとう眞鍋組の二代目を裏切ったのだ。

二代目はタイでシャチとともに亡くなったという第一報が極道界で流れたらしい。不夜城は騒然としているという。

嘘《うそ》だ。

確実に嘘だ。

間違いなく、シャチは生きている。

あのシャチならば手抜かりはない。

二代目は死んだ。

……死ぬような極道だったら俺は負けなかった。

サメやリキがついているから生きているだろう。姿を隠したのは裏切り者を炙りだすためかもしれない。

藤堂は一瞬のうちにすべての裏を読み取った。

そうして、凄絶な怒気を漲《みなぎ》らせているウラジーミルを見つめた。彼はシャチにマークをつけていない。そもそも、シャチに関する賭《か》けも強く意識していない。

なんにせよ、賭けに勝った。

「ウラジーミル、俺の勝ちだ」

藤堂は艶然《えんぜん》と微笑《ほほえ》みながら、ウラジーミルに声をかけた。

「藤堂？」

「賭けを忘れたとは言わせない。シャチがタイで裏切った」

「……タイで？　あの忍者が？」

「賭けは俺の勝ちだ。君は俺のものになった。これからは俺の命令に従って行動したまえ」

藤堂は一呼吸置いてから、秀麗な美貌を輝かせて言い放った。

「ウラジーミル、君はイジオットに戻り、次期ボスとしての道を進みたまえ」

藤堂の言葉にウラジーミルが悪魔の如《ごと》き形相を浮かべた。その激しい怒りで古い教会が崩れそうだ。

パーベルやセルゲイ、居並ぶイジオットの兵隊たちは安心したように息を吐く。彼らから発散されていたピリピリッとしたものが薄れた。

「お前の望みは偽造パスポートじゃなかったのか？」

ウラジーミルはそう簡単に藤堂に従ったりはしない。

「俺が賭けに勝ったら俺のものになる、というせっかくの申し出を受けないわけにはいかない。ありがたく、俺のものになってもらう」

「ふざけるな」

「あいにく、ふざける余裕がない」

「いい加減にしろ」

「ウラジーミル、君はイジオットの皇帝になりたまえ」

ウラジーミルは皇帝の玉座に就《つ》く宿命を背負っている。避けようとしても避けられない。

「皇帝か？」

「そうだ」

「俺の言うことを聞いたらイジオットに戻ってやる」

ウラジーミルは不服そうに交渉を持ちかけてきた。賭けに負けた、という意識は微塵もないようだ。

「どうした？」

「藤堂、誓え」

ドンッ、と藤堂はウラジーミルに壁に追いやられた。パーベルやセルゲイ、ほかの兵隊たちは、それぞれ固唾《かたず》を呑んで見守っている。

「誓い？」

藤堂とウラジーミルの視線が交差する。お互いにお互いしか見ていない。まるでお互いしか必要のない恋人同士のように。

「命ある限り俺を愛し続ける、と誓え」

ウラジーミルの要望に、藤堂はにっこりと微笑んだ。

「命ある限り愛し続ける」

口だけならばいくらでも言える。

言葉だけならば与えられるのだ。

ここで誓ってウラジーミルの気がすめばそれでいい。

藤堂は真摯な目でウラジーミルの真っ直《まっす》ぐな激情を受け止める。パーベルをはじめとするイジオットの面々は、ほっとしたように安堵《あんど》の息をついた。

「キスしろ」

言われた通り、藤堂はウラジーミルの首に左右の腕を回し、そっと唇を近づけた。

チュ、と触れるだけのキスだ。

が、単なるキスではない。

誓いのキスだ。

ウィーン最古の教会で藤堂は誓わされた。それでようやく、ウラジーミルはイジオットへの帰還を決意した。

冬将軍にはロシアが似合う。

それだけは確かだ。

誓いのキスが軽く触れるだけでは物足りなかったらしい。ウラジーミルが藤堂を壁際に立たせたまま唇を重ねた。

「……藤堂」

藤堂は逃げたりせず、ウラジーミルのキスに応じる。

パーベルやセルゲイ、教会内にいたイジオットの兵隊たちの視線が絡みつく。特に若い兵隊の視線が痛いぐらい熱い。

ギイイイイ。

古い扉が開き、誰かが教会に入ってきたが、気にせずに続けた。冬将軍相手では小さなことに拘《こだわ》っていられないから。

あとがき

講談社X文庫様では四十二度目ざます。ロシア横断の旅を泣きながら諦めた樹生《きふ》かなめざます。

ええ、ロシアざますの。

ロシアといえばウオッカ!!

一にウオッカ、二にウオッカ、三も四も五もウオッカですが。

ロシアはウオッカだけではありません。

ロシア本場のピロシキを堪能《たんのう》しましょう。ボイルしたレバーを挽《ひ》いたもの、塩漬けキャベツとニンジン、米と卵と葱《ねぎ》、マッシュポテトとオニオンとキノコ、ハルヴァ、プルーン、自家製ジャムなど、具の種類がいっぱいあるそうよ。ロシアの黒パンと白丸パンも味わってみましょう。ボルシチとかウハーとかシチーとかサリャンカとか、極寒のロシアのスープは美味《おい》しいわよ。東京で食べたきのこの壺《つぼ》焼きはとっても美味しかったし、ナイフを入れた途端、熱々のバターが流れたキエフ風のカツレツも美味しかったわ。ペリメニっていうシベリア風の水餃子《ギョーザ》も意外と美味しいって聞いたし、ブリヌイっていうロシア版のクレープもアイスクリームもチョコレートも絶品らしいわよ。発祥の地でビーフストロガノフを食べなきゃ話にならないわ。

ロシアは食い道楽以外にも楽しめる国よ。

いいえ、人に言わせれば、食い道楽以外に楽しめる国よ。

美術館ならば世界の四大美術館に数えられているエルミタージュ美術館を筆頭にロシア美術館、プーシキン記念美術館にトレチャコフ美術館は足を運ぶべき芸術の宝庫ざます。

美術館巡りのほかに欠かせないのが宮殿巡りよ。

パリのベルサイユ宮殿、ウィーンの王宮やシェーンブルン宮殿を回っただけで満足しては駄目よ。エルミタージュ美術館になった冬宮、大宮殿、エカテリーナ宮殿、メンシコフ宮殿、オスタンキノ宮殿も回らなくっちゃ。

藤堂《とうどう》が好きなロシア音楽については言うまでもないわね。

チャイコフスキー記念モスクワ音楽院を覗《のぞ》き……ではなくて、腰痛が悪化しないうちになんとしてでも公演を‼

ロシアのオペラやバレエも最高よ。

足腰が立つうちにどんな手を使ってもボリショイ劇場で‼

たとえ、言葉がわからなくてもロシアのお芝居は観なければならないわね。なんでも、スタニスラフスキー・システムというロシアの演技法は世界標準のメソッドで、ハリウッドの名優たちが演技を学んだとか？

ええ、ええ、もちろん、ロシアの世界遺産を忘れてはいません。

一生のお願い、一緒にロシアに行って。

一生のお願い、助けると思って一緒にロシアに行って。

一生のお願い、人助けはご利益がもらえると思って一緒にロシアに行って。

一生のお願い、樹生かなめと一緒にロシアの教会巡りをしたら神のご加護がもらえるわよ。

全身全霊を込めた一生のお願いはとうとう叶《かな》いませんでした。

はい、誰にどう頼んでもロシア旅行を拒絶されましたの。あまりにも拒まれ続け、アタクシのガラスのようなハートが砕けました。

ひとりでロシアを回る計画も立てました。各旅行会社のパンフレットを集めて真剣に考えましたが……泣く泣く断念しました。どんなに楽観的に考えても危険です。無謀といったほうが正しいかもしれない。

ツアーにひとりで潜り込むことも考えました。

けれど、以前、ツアーにひとりで潜り込んで寂しかったのでやめました。ツアーのメンバーはいい人たちばかりでしたが（遠い目）。

……というわけで、藤堂とウラジーミルの誓いの場がウィーンになりました。

アタクシでもウィーンならひとりで回ることができるだろう、と。ピロシキの食べ歩きじゃなくてクグロフの食べ歩きに精を出そう、と。ケーキやチョコレートなら確実にロシアよりウィーンのほうが口に合うはずだ、と。

ロシアのコーヒよりウィーンのコーヒーは美味しい、と。

いえいえいえいえいえいえいえいえ……食い物で行き先がウィーンに決まったわけではありません。他社から発売された文庫でしつこく連呼したクグロフ愛のためでもありません。

どうか、思いだしてくださいませ。

藤堂とウラジーミルが再会したのはウィーンざます。

愛の誓いがウィーンであってしかるべきではございませんか？

樹生かなめがロシアに行けずに、誓いの教会がウィーンになったわけではありませんからね……って、まぁ、なんというか、その……。

とりあえず、愛の物語ざます。

それも海を渡る愛の物語ざます。

いつもよりＬＯＶＥ度が増していると自負しています。

藤堂と愉快な仲間たちの物語ではございません。…………よね。

それではざます。

担当様、一生のお願いをさせていただきます。どうか一緒にロシアに……ではなく、ありがとうございました。深く感謝します。

奈良千春《ならちはる》様、一生のお願いをさせていただきます。どうか一緒にロシアに渡って、ロシアの不条理とともにロシア芸術とロシア飯……ではなく、素敵《すてき》な挿絵をありがとうございました。深く感謝します。

読んでくださった方、ウィーンの妖精とともにロシアより愛をこめて……ではなく、ありがとうございました。

再会できますように。

果てしなくロシアが遠い樹生かなめ

『誓《ちか》いはウィーンで　龍《りゅう》の宿敵《しゅくてき》、華《はな》の嵐《あらし》』、いかがでしたか？
樹生《きふ》かなめ先生、イラストの奈良千春《ならちはる》先生への、みなさまのお便りをお待ちしております。

樹生かなめ先生のファンレターのあて先
〒112-8001　東京都文京区音羽2-12-21　講談社　文芸第三出版部「樹生かなめ先生」係

奈良千春先生のファンレターのあて先
〒112-8001　東京都文京区音羽2-12-21　講談社　文芸第三出版部「奈良千春先生」係

N.D.C.913　246p　15cm

樹生かなめ（きふ・かなめ）

講談社X文庫

血液型は菱型。星座はオリオン座。
自分でもどうしてこんなに迷うのかわからない、方向音痴ざます。自分でもどうしてこんなに壊すのかわからない、機械音痴ざます。自分でもどうしてこんなに音感がないのかわからない、音痴ざます。自慢にもなりませんが、ほかにもいろいろとございます。でも、しぶとく生きています。
樹生かなめオフィシャルサイト・ＲＯＳＥ13
http://kanamekifu.in.coocan.jp/

white heart

誓《ちか》いはウィーンで　龍《りゅう》の宿敵《しゅくてき》、華《はな》の嵐《あらし》

樹生《きふ》かなめ

●

2017年10月3日　第1刷発行

定価はカバーに表示してあります。

発行者――鈴木　哲
発行所――株式会社　講談社
東京都文京区音羽2-12-21　〒112-8001
電話　編集　03-5395-3507
　　　販売　03-5395-5817
　　　業務　03-5395-3615
本文印刷―豊国印刷株式会社
製本――株式会社国宝社
カバー印刷―半七写真印刷工業株式会社
本文データ制作―講談社デジタル製作
デザイン―山口　馨

ISBN978-4-06-286966-9

講談社X文庫ホワイトハート・大好評発売中！

愛されたがる男
樹生かなめ
絵／奈良千春

ヤる、ヤらせろ、ヤれっ!? その意味は!! 世が世ならお殿さまの、日本で一番不条理な男、室生邦衛。滝沢明人は邦衛の幼なじみであり、現在の恋人でもある。好きだからこそ抱けないと邦衛に言われたが!?

もう二度と離さない
樹生かなめ
絵／奈良千春

狂おしいほどの愛とは!? 日本画の大家を父に持つ洋画家・渓舟は、助手である司と幸せに暮らしていた。しかし、渓舟の秘密を探る男が現れた日から、驚くべき過去が明らかになってゆき!?

ブライト・プリズン
学園の美しき生け贄
犬飼のの
絵／彩

この体は、淫靡な神に愛されし一族のもの。全寮制の学園内で「贔屓生」に選出されてしまった薔は、特別な儀式を行うことに！ そこへ現れたのは日頃から敵愾心を抱いている警備隊隊長の常盤で……。

VIP
高岡ミズミ
絵／佐々成美

あの日からおまえはずっと俺のものだった！ 高級会員制クラブBLUE MOONで働く柚木和孝には忘れられない男がいた。和孝を初めて抱いた久遠。その久遠と思いがけず再会を果たすことになるが!?

霞が関で昼食を
ふゆの仁子
絵／おおやかずみ

エリート官僚たちが織りなす、美味しい恋！「ずっと追いかけてきたんです」財務省官僚の立花は、彼のために立ちあげられた新部署への配属を希望する新人・樟が、中高時代から自分を想っていたと知るが……。